# VOLVERÉ A ENAMORARTE

## MAUREEN CHILD

Editado por Harlequin Ibérica.
Una división de HarperCollins Ibérica, S.A.
Núñez de Balboa, 56
28001 Madrid

I.S.B.N.: 978-84-687-6628-7
Depósito legal: M-19552-2015
Impresión en CPI (Barcelona)
Fecha impresion para Argentina: 14.3.16
Distribuidor exclusivo para España: LOGISTA
Distribuidor para México: CODIPLYRSA
Distribuidores para Argentina: Interior, DGP, S.A. Alvarado 2118.
Cap. Fed./Buenos Aires y Gran Buenos Aires, VACCARO HNOS.

# *Capítulo Uno*

–De nuevo en casa –masculló Sam Wyatt ante el hotel de su familia en la estación de esquí de Snow Vista, Utah–. La pregunta es si habrá alguien que se alegre de verte.

¿Y por qué iba a alegrarse nadie? Se había marchado dos años antes, tras morir su hermano gemelo. Y había dejado a su familia hundida en la desgracia.

Se había marchado y mantenido alejado todo ese tiempo por un sentimiento de culpa. Y había vuelto a casa por una clase diferente de culpa. Tal vez fuera el momento, se dijo a sí mismo, de enfrentarse a los fantasmas que habitaban en aquella montaña.

El hotel no había cambiado nada. Un edificio rústico de troncos con un amplio porche delantero lleno de sillas de madera. Constaba de tres plantas desde que la familia Wyatt añadiera el tercer piso como residencia. Las habitaciones de huéspedes ocupaban las dos plantas inferiores y además había otras cabañas más pequeñas repartidas por los alrededores, ofreciendo una intimidad y unas vistas insuperables. La mayor parte de los turistas que iban a esquiar a Snow Vista se alojaban en albergues y hoteles situados a un kilómetro y medio de la montaña. Era imposible hospedarlos a todos en el Wyatt Resort. Unos años antes Sam y su hermano gemelo, Jack, habían hecho planes para ampliar las instalaciones y convertir el lugar en un destino de primer orden. Sus padres, Bob y Connie, se habían mostrado entusiasmados con la idea, pero la marcha de Sam parecía haberlo estancado todo... y no solo el proyecto.

Agarró con fuerza la bolsa de viaje e intentó controlar los pensamientos que se arremolinaban frenéticos en su cabeza. La vuelta a casa no iba a ser nada fácil, pero la decisión estaba tomada y era el momento de afrontar el pasado.

—¡Sam! —exclamó una voz familiar.

Su hermana Kristi se dirigió hacia él a grandes zancadas. Llevaba una parka azul, pantalones de esquí y botas negras forradas con piel. Sus grandes ojos azules brillaban intensamente, aunque no de una manera muy amable. Claro que tampoco se podía esperar un comité de bienvenida...

—Hola, Kristi.

—¿Hola? —llegó hasta él y echó la cabeza hacia atrás para mirarlo fijamente a los ojos—. ¿Eso es todo lo que se te ocurre? ¿Hola, Kristi? ¿Después de dos años?

Sam aceptó tranquilamente la reprimenda. Era lo que se había esperado.

—¿Qué quieres que diga?

Ella soltó un bufido.

—Es un poco tarde para preguntarme qué quiero, ¿no te parece? Si te importara algo, me lo habrías preguntado antes de marcharte.

Era inútil defenderse del merecido reproche, y por la expresión de su hermana ni siquiera se molestó en intentarlo. Recordó que Kristi siempre los había adorado a él y a Jack, pero se dio cuenta, con gran tristeza, que aquella etapa ya había pasado. Y él se había encargado de que pasara…

Pero no había vuelto a casa por eso. No estaba allí para remover el pasado. Había hecho lo que tenía que hacer, y de nuevo lo estaba haciendo.

–Te habría dicho que no te fueras –dijo Kristi, parpadeando para contener las lágrimas–. Nos abandonaste. Como si no te importáramos…

Sam respiró profundamente, soltó la bolsa y se pasó las manos por el pelo.

–Pues claro que me importabais. Todos vosotros. Antes y ahora.

–Muy fácil de decir, ¿verdad, Sam?

¿Serviría de algo decir que continuamente había pensado en llamar a casa?

No, decidió. No serviría… porque no había llamado. El único contacto fueron un par de postales para que supieran dónde se encontraba, hasta que la semana anterior su madre encontró el modo de seguirle el rastro en Suiza.

Aún no se explicaba cómo le había encontrado, pero Connie Wyatt era una fuerza imparable cuando se proponía algo.

–Oye, no voy a discutir contigo. No hasta que haya visto a papá… ¿Cómo está?

Una sombra de temor cruzó el rostro de Kristi, rápidamente desplazada por un nuevo arrebato de furia.

–Vivo. Y el médico dice que se pondrá bien. Es triste que el único motivo de tu regreso sea el ataque al corazón de papá –pareció calmarse un poco y desvió la mirada hacia la montaña–. Fue horrible. Tal vez solo fuera un aviso, pero… –dejó la frase a medias, pero Sam no necesitaba oír el resto. Un aviso significaba que toda la familia estaría vigilando a Bob como si fuera una granada a punto de explotar. Un control que sin duda estaría sacando a su padre de quicio.

–Sea como sea –continuó Kristi–, si esperas una fiesta de bienvenida te vas a llevar una decepción, porque tenemos otras preocupaciones mucho más acuciantes.

–Por mí no hay ningún problema –repuso él, aunque le fastidiaba el desdén de su hermana pequeña–. No he venido para pedir perdón.

–¿Entonces para qué?

La miró fijamente a los ojos.

–Para estar donde más se me necesita.

–También se te necesitaba hace dos años –le recordó ella con voz dolida.

–Kristi…

Ella negó con la cabeza y esbozó una tensa sonrisa.

–Tengo una clase dentro de unos minutos. Hablaremos después, si todavía estás aquí.

Se alejó rápidamente en dirección a las pistas.

Desde que tenía catorce años se había dedicado a impartir clases de esquí. En la familia Wyatt los niños aprendían a esquiar desde muy pequeños, y enseñar a otros era parte del negocio.

Sam la vio desaparecer entre la gente y se giró hacia el edificio principal del complejo. Hasta el momento la vuelta a casa no estaba resultando muy fácil, pero ¿qué había sido fácil en los dos últimos años? Con la cabeza gacha y largas zancadas entró en casa mucho más despacio de lo que se había marchado.

Todo estaba igual a como lo recordaba.

Al marcharse las reformas estaban casi acabadas, y la primera impresión que tuvo al entrar fue que el cambio se había asentado en el lugar. Las ventanas eran más amplias, había docenas de sillones repartidos en grupos, un fuego ardía alegremente en la chimenea de piedra.

En el exterior hacía frío, pero dentro se respiraba un ambiente cálido y acogedor. Saludó con la mano a Patrick Hennessey, el encargado de recepción, y se dirigió hacia el ascensor privado. Respiró hondo y tecleó el código que sabía de memoria. La puerta se abrió con un zumbido.

Lo primero que hizo al entrar en el salón fue mirar en torno. Las fotos enmarcadas de la familia colgaban de las paredes color crema, junto a fotos de la montaña en primavera e invierno. Sobre las relucientes mesas había lámparas artesanales, y una selección de libros y revistas cubría la mesita de madera entre dos sofás de piel borgoña. Las ventanas ofrecían una amplia vista del complejo, y un fuego crepitaba en una chimenea de piedra.

Pero fueron las dos personas que había en la sala las que atrajeron su atención.

Su madre estaba acurrucada en su sillón favorito con un libro en el regazo. Y su padre ocupaba otro sillón con los pies apoyados en un escabel. El televisor de plasma emitía un clásico del oeste.

Durante el largo vuelo desde Suiza y el trayecto desde el aeropuerto hasta el refugio, Sam había pensado mucho en el ataque al corazón de su padre. Le habían dicho que Bob Wyatt se encontraba bien y que le habían dado el alta, pero no se había permitido creerlo hasta aquel momento. Y al verlo en casa, con tan buen aspecto como siempre, se le deshizo finalmente el nudo que tenía en el estómago.

–¡Sam! –Connie arrojó el libro sobre la mesita, se puso en pie de un salto y corrió hacia él para abrazarlo con todas sus fuerzas, como si temiera que volviera a esfumarse–. Estás aquí… –le sonrío–. Qué maravilla.

Sam también le sonrió, y se dio cuenta de lo mucho que la había echado de menos, a ella y al resto de la familia. Durante dos años había sido un viajero errante, buscando nuevas experiencias de un país a otro, con la bolsa al hombro y sin mirar más allá del aeropuerto o la estación de tren.

También había esquiado, como era natural. Ya

no competía profesionalmente, pero no podía pasar mucho tiempo sin deslizarse por la nieve. Llevaba el esquí en la sangre y se dedicaba a diseñar pistas en los mejores destinos turísticos del mundo. La empresa de material deportivo que había montado con Jack iba bastante bien, y entre los dos trabajos se mantenía tan ocupado que no le quedaba mucho tiempo para pensar.

Y de nuevo estaba allí, mirando a su padre por encima de la cabeza de su madre. La sensación era reconfortante y al mismo tiempo surrealista. Soltó la bolsa y abrazó con fuerza a su madre.

–Hola, mamá.

Ella le dio un manotazo en el pecho y sacudió la cabeza.

–No me puedo creer que estés aquí de verdad… Debes de tener hambre. Iré a prepararte algo…

–No es necesario –intentó detenerla, aun sabiendo que era inútil. Connie aprovecha cualquier situación difícil para dar de comer a las personas.

–No tardo nada –dijo ella, mirando brevemente a su marido–. Traeré también café para nosotros. Tú no te levantes de ahí…

Bob Wyatt le hizo un gesto con la mano, sin apartar la mirada de su hijo. Connie corrió a la cocina y Sam se acercó a su padre y se sentó en el taburete frente a él.

–Tienes buen aspecto, papá.

El viejo frunció el ceño y se apartó un mechón canoso de la frente.

—Estoy bien —dijo, entornando los mismos ojos verdes que sus hijos habían heredado de él–. El médico dice que no fue nada. Demasiado estrés.

Estrés por haber perdido a un hijo, que otro se fuera de casa y él se viera obligado a ocuparse de la estación de esquí. Los remordimientos volvieron a golpear a Sam.

Su padre frunció aún más el ceño y miró hacia la puerta por donde había salido su mujer.

—Pero tu madre está empeñada en hacer de mí un inválido.

—Le diste un susto de muerte —le recordó Sam–. Y a mí también.

Su padre lo miró un largo rato sin decir nada.

—También tú nos diste un buen susto hace un par de años, largándote de aquella manera sin dar ninguna explicación, sin decirnos dónde estabas ni cómo estabas…

Sam respiró hondo, pero el sentimiento de culpa no lo dejaba en paz. Pensó que nunca podría liberarse por completo.

—No bastaba con un par de postales, hijo.

—No podía llamar —se excusó él–. No me sentía capaz de oíros. No podía… Maldita sea, papá. Estaba hecho un desastre.

—No eras el único que sufría, Sam.

—Lo sé. Pero perder a Jack… —frunció el ceño como si el gesto pudiera borrar el recuerdo de su memoria.

—Era tu hermano —murmuró Bob–. Pero también era nuestro hijo, como tú y Kristi.

Sam era consciente del dolor que les había causado. Pero en su momento le había parecido la única solución.

–Tenía que irme.

Una escueta frase para resumir el cúmulo de motivos y emociones que lo habían alejado de su hogar y de su familia.

–Lo entiendo –la mirada de su padre estaba cargada de comprensión y tristeza–. No significa que me guste, pero lo entiendo. ¿Cuánto tiempo piensas quedarte?

Sam se había esperado aquella pregunta, pero aún no tenía una respuesta. Agachó brevemente la cabeza y volvió a mirar a su padre.

–No lo sé.

–Bueno… Al menos eres honesto.

–Lo que sí puedo decirte es que esta vez no me iré sin deciros nada. Te prometo que no volveré a desaparecer.

Su padre asintió.

–Tendré que conformarme con eso… por ahora –hizo una pausa–. ¿Has visto ya a alguien más?

–No. Solo a Kristi –se puso rígido al pensar lo que tenía por delante. Era un campo de minas que no le quedaba más remedio que atravesar.

–Pues deberías saber que… –empezó a decir su padre, y en ese momento se abrió el ascensor. Sam se giró para ver quién llegaba y se quedó de piedra– Lacy está a punto de llegar.

Lacy Sills apareció con una cesta de magdalenas que impregnaron la estancia con un olor delicioso. A Sam le dio un vuelco el corazón al verla, tan hermosa como siempre.

Medía un metro setenta y cinco y su largo pelo rubio le colgaba en una trenza sobre el hombro izquierdo. Llevaba un abrigo azul marino, desabrochado, sobre un grueso jersey verde y unos vaqueros negros. Las botas también eran negras, y le llegaban hasta las rodillas. Y sus rasgos eran los mismos: labios carnosos, nariz pequeña y recta y unos ojos intensamente azules. No sonrió ni dijo nada. Pero no hizo falta. En un segundo Sam estaba duro como una roca. Lacy siempre había ejercido aquel efecto en él.

Por eso se había casado con ella.


Lacy no podía moverse. Ni siquiera podía respirar. El corazón se le había desbocado y la cabeza le daba vueltas, como si hubiera tomado unas copas de más.

Tendría que haber llamado antes. Tendría que haberse cerciorado de que los Wyatt estaban solos en el hotel. Pero ¿por qué iba a hacerlo? Nunca se hubiera esperado encontrarse allí a Sam. En cualquier caso, no podía mostrarle su reacción. No era ella la que se había marchado. No había hecho nada de lo que avergonzarse.

Salvo echarlo de menos. El corazón se le iba a salir por la boca, el estómago le brincaba y una ola de deseo demasiado familiar le hervía en las venas. ¿Cómo era posible sentir algo tan fuerte por un hombre que la había rechazado sin contemplaciones?

Cuando Sam se marchó, ella quedó sumida en una depresión tan profunda que llegó a pensar que nunca se recuperaría. Pero lo había conseguido.

¿Por qué tenía que volver a verlo justo cuando empezaba a olvidarlo?

–Hola, Lacy.

Su voz era como el profundo rumor de una avalancha en ciernes, y Lacy sabía que para ella era igualmente amenazadora. Sam la miraba con aquellos ojos verdes en los que una vez se había zambullido, y seguía siendo tan arrebatadoramente atractivo como lo recordaba. ¿Por qué demonios tenía tan buen aspecto cuando merecía estar pudriéndose en la basura por lo que había hecho?

El silencio se alargó hasta hacerse insoportable.

–Hola, Sam –consiguió decir finalmente–. Cuánto tiempo...

Dos años sin noticias suyas salvo un par de postales que les había enviado a sus padres. No se había puesto en contacto para decirle que lo sentía, que la echaba de menos, que lamentaba haberse marchado… Nada. Lacy había vivido en un estado de agonía constante, sin saber si estaría vivo o muerto y sin comprender por qué le preocupaba tanto un hombre que la había traicionado y abandonado.

–Lacy –Bob Wyatt levantó una mano hacia ella. ¿En señal de bienvenida o intentando que no huyera?

Pero Lacy no iba a salir corriendo. Aquella montaña era su hogar. Nadie la echaría de allí, y menos el hombre que había dado la espalda a todo lo que amaba.

–¿Has preparado algo? –le preguntó Bob–. Huele que alimenta.

Lacy le dedicó una sonrisa de agradecimiento por ayudarla a superar aquella situación tan extraña. Durante los dos últimos años había pasado no pocas noches imaginando cómo sería volver a ver a Sam, y al fin se presentaba la ocasión para poner en práctica todos esos ejercicios mentales.

Tenía que conservar la calma y no permitir que su agitación interna la delatase. De ninguna manera podía hacerle ver hasta qué punto le había roto el corazón.

Se obligó a sonreír y cruzó la habitación manteniendo la mirada fija en Bob. Seguía viéndolo como a un suegro a pesar del divorcio que Sam le había pedido. Bob y Connie Wyatt habían sido como una familia para ella desde que era niña, y no iba a renunciar a ellos solo porque su hijo fuera un miserable.

–Las he hecho para ti –dejó la cesta en el regazo de Bob y se inclinó para darle un beso en la frente–. De naranja y arándanos, tus favoritas.

Bob olisqueó las magdalenas, suspiró con deleite y le sonrió.

–Eres una joya de la cocina.

–Y tú eres un adicto al dulce –bromeó ella.

–Sí que lo soy –admitió él, mirándolos a ella y a

Sam–. ¿Por qué no te quedas un rato con nosotros? Connie ha ido a preparar un piscolabis.

La familia solía reunirse en aquel salón para hablar, reír y reforzar un vínculo que Lacy había creído imposible de romper. Pero aquellos tiempos felices habían pasado. Y con Sam allí sentado, mirándola, la idea de ingerir cualquier cosa le provocaba náuseas en el estómago. Una buena copa de vino, en cambio, le sentaría bien.

–Gracias, pero es imposible. Tengo dos horas de clase.

–Si de verdad no puedes… –el tono y la mirada compasiva de Bob le dijeron que entendía cuál era el verdadero motivo de su marcha.

Maldición, si empezaba a recibir compasión acabaría desmoronándose, y no quería derramar ni una sola lágrima delante de Sam Wyatt. Ya había llorado bastante por él.

–De verdad que no –confirmó rápidamente–. Pero mañana volveré para ver cómo estás.

–Estupendo –repuso Bob, dándole una palmadita en la mano.

Lacy se giró hacia el ascensor sin mirar a Sam. No confiaba en su reacción si volvía a encontrarse con aquellos ojos verdes. Lo mejor era continuar con su vida y sus clases de esquí para niños pequeños y madres asustadas. Después se iría a casa, tomaría una gran copa de vino, vería alguna ñoña película de amor y soltaría todas las lágrimas que le oprimían la garganta. Lo único que quería hacer en aquellos momentos era salir de allí.

Debería haber sabido que su táctica evasiva no le serviría de nada…

–Espera, Lacy –estaba detrás de ella, podía oír sus pisadas en el suelo de madera, pero Lacy no se detuvo. Llegó hasta el ascensor y pulsó con fuerza el botón.

Pero cuando la puerta se abrió sintió la mano de Sam en el hombro, y el roce le prendió una llamarada que se le propagó por todo el cuerpo. Se encogió para librarse del contacto y entró en el ascensor, pero Sam bloqueó la puerta del ascensor con una mano y se inclinó hacia delante.

–Maldita sea, Lacy, tenemos que hablar.

–¿Por qué? ¿Solo porque lo dices tú? No, Sam. No tenemos nada de qué hablar.

–Pero…

Ella le lanzó una mirada de advertencia.

–Como digas que lo sientes te aseguro que lo lamentarás de verdad.

–No me lo estás poniendo nada fácil.

–Ah, ¿quieres decir que tú sí lo hiciste hace dos años? –hablaba en voz baja a pesar del enfado para no preocupar a Bob.

No quería hablar de ello. No quería recordar el día en que Sam le presentó los papeles del divorcio para luego marcharse sin mirar atrás.

Le mantuvo la mirada y pulsó un botón.

–Si no te importa, tengo trabajo.

–En algún momento tendrás que hablar conmigo.

Ella le apartó los dedos de la puerta.

–No, Sam. No lo haré.

# *Capítulo Dos*

Lacy dio gracias al Cielo por la clase de esquí que tenía que impartir. De ese modo podía tener la cabeza ocupada y no pensar en Sam ni en lo que podía significar su regreso.

Pero aunque estuviera enfrascada en la tarea su cuerpo seguía empeñado en celebrar el inesperado encuentro. La piel le seguía ardiendo en el punto donde él la había tocado.

–¿Estás segura de que no es peligroso enseñarle a esquiar tan pronto? –le preguntó la madre de una niña de tres años que intentaba mantenerse erguida sobre un par de pequeños esquís.

–Absolutamente –respondió Lacy, empujando los pensamientos de Sam al fondo de su mente. Su cuerpo iba a tener que resignarse–. Mi padre me enseñó cuando tenía dos años. Al empezar a una edad tan temprana no hay miedo. Solo la emoción de la aventura.

La mujer rio y miró hacia la cima de la montaña.

–A mí esquiar me da mucho miedo, pero a mi marido le encanta y…

Lacy sonrió mientras veía cómo su ayudante ayudaba a un niño pequeño a levantarse de la nieve.

–Ya verás como a ti también te encanta.

–Eso espero –señaló la cima–. Mike está por ahí arriba con su hermano. Esta tarde se quedará con Kaylee mientras yo recibo mi clase.

–Tu instructora será Kristi Wyatt. Es fantástica. Vas a disfrutar muchísimo.

–La familia Wyatt… Mi marido solía venir para ver esquiar a los hermanos Wyatt.

La sonrisa de Lacy flaqueó, pero consiguió mantenerla.

–A mucha gente le gustaba verlos.

–Fue una desgracia lo que le ocurrió a Jack.

Aquella mujer no era la primera que sacaba a relucir el pasado, ni tampoco sería la última. Dos años después de la muerte de Jack sus admiradores seguían acudiendo a Snow Vista como si fuera un lugar de peregrinación. Nadie se había olvidado de él, ni tampoco de Sam. Los gemelos eran y siempre serían dos leyendas en el mundo del esquí.

Lo que nadie sabía era lo que la muerte de Jack había causado a la familia. Dos años atrás Lacy casi se había vuelto loca haciéndose preguntas del tipo: ¿qué habría pasado si no…?. Preguntas sin respuesta que le impedían conciliar el sueño por las noches y concentrarse durante el día. Se lo había preguntado miles de veces, hasta exprimir por completo sus emociones y quedarse tan solo con la triste y amarga realidad.

Jack había muerto, pero eran los demás quienes más sufrían.

–Sí –afirmó, esfumándose la sonrisa de su rostro–. Lo fue.

18

El efecto de la tragedia había golpeado a la familia Wyatt como una avalancha que arrastraba todo a su paso.

Mientras los niños practicaban bajo la supervisión de la ayudante de Lacy, la mujer continuó hablando en voz baja.

–Mi marido se mantiene al día con todo lo relacionado con el esquí. Me ha dicho que el hermano de Jack, Sam, se marchó de Snow Vista tras morir Jack.

Lacy no sabía cómo poner fin a aquella conversación.

–En efecto, así fue.

–Al parecer dejó el esquí de competición y ahora se dedica a diseñar pistas de esquí y a vender material deportivo. Y ha estado codeándose con la clase alta de Europa durante los dos últimos años.

A Lacy se le encogió dolorosamente el corazón. Sam apenas se había puesto en contacto con su familia, pero era un famoso deportista con un pasado trágico y no podía escapar de la prensa. Lacy sabía todo lo que había estado haciendo, y que había creado una marca deportiva. Era rico, famoso e irresistiblemente atractivo, una suculenta presa para los paparazzi que lo fotografiaban acudiendo a las eventos más glamurosos acompañado por las mujeres más bellas… especialmente por una condesa morena y tan delgada que parecía anoréxica.

Pero lo que hiciera o dejara de hacer no era asunto de Lacy, porque Sam era su exmarido. Los dos podían salir con quienes les diera la gana. Ella no había salido con nadie, pero podría hacerlo si quisiera, y eso era lo único que importaba.

—¿Conoces a los Wyatt? —le preguntó la mujer, antes de poner una mueca—. Qué pregunta tan tonta. Pues claro que los conoces… Trabajas para ellos.

Cierto. Y hasta dos años antes había sido una más de la familia. Pero aquello pertenecía al pasado y tenía que concentrarse en el presente.

—Así es —dijo, obligándose a sonreír de nuevo—. Y hablando de trabajo, será mejor que empiece con las clases de hoy.

Se despidió y fue a reunirse con su ayudante y con el grupo de críos, que no esperaban de ella otra cosa que su tiempo.


Sam estuvo esperando durante horas.

Observando las clases de Lacy no pudo menos que maravillarse con su paciencia, no solo la que demostraba tener con los niños, sino también con los padres que pretendían saber más que nadie. No había cambiado nada, pensó con una modesta satisfacción. Seguía siendo tan tranquila, paciente y razonable como siempre. La voz de la serenidad y del sentido común que invariablemente se interponía en las disputas entre Sam y Jack. Los dos hermanos siempre habían discutido por todo, y Sam echaba terriblemente de menos sus peleas.

Ignoró la punzada de dolor en el pecho, igual que había hecho durante los dos últimos años, y se pasó una mano por el pelo mientras miraba a la mujer que no había logrado olvidar. No había cambiado nada, volvió a pensar, y aquel descubrimiento le resultaba tan intrigante como reconfortante.

Tampoco había cambiado nada el deseo que le provocaba…

–Muy bien, eso es todo por hoy –anunció Lacy, y el sonido de su voz le recorrió la espalda a Sam como una caricia. Sacudió la cabeza para despejarse y esperó–. A todos los padres –continuó Lacy con una sonrisa–, muchas gracias por confiarnos a sus hijos. Si quieren apuntarse a otra clase, mi ayudante Andi se encargará de inscribirlos.

Andi era nueva, pensó Sam sin apenas prestarle atención a la joven pecosa y pelirroja. Solo tenía ojos para Lacy, y en ese momento ella levantó la cabeza y sus miradas se encontraron por encima de los niños que la rodeaban.

Apartó rápido la mirada y se puso a reír con los niños, antes de echar a andar lentamente hacia él. Sam observó cada paso. Los vaqueros negros se ceñían a sus largas y moldeadas piernas, y el jersey dejaba intuir las curvas que Sam tenía grabadas en la memoria.

A pesar de la nieve que lo cubría todo, no había ni una nube en el cielo, y lucía un sol espléndido. Lacy se echó la trenza por encima del hombro y se detuvo ante él.

–Sam.

–Lacy, tenemos que hablar.

–Ya te he dicho que no tenemos nada que decirnos —intentó pasar a su lado, pero Sam la agarró firmemente del brazo. Ella le lanzó una mirada de advertencia, pero él no cedió.

—Es hora de aclarar las cosas —le dijo en voz baja, consciente de que no estaban solos.

—¿Aclarar? —repitió ella—. No recuerdo que quisieras aclarar nada hace dos años. Te fuiste sin más, y dos semanas después me llegaron los papeles del divorcio. ¿Por qué quieres hablar ahora?

Él la miró, un poco sorprendido. No porque sus reproches fueran injustificados, sino porque la Lacy que él recordaba nunca le habría hablado así.

—Has cambiado.

—Si te refieres a que ahora hablo por mí misma, sí, he cambiado. Lo suficiente para no volver a ser aquella chica frágil que se rompía con nada.

Sam apretó la mandíbula. Estaba insinuando que había sido él quien la había roto. Tenía que admitir que había manejado pésimamente la situación dos años atrás, pero si tanto daño le había hecho a Lacy, ¿cómo podía estar allí de pie, fulminándolo con la mirada?

—A mí me parece que te has recuperado bastante bien —señaló.

—No gracias a ti —replicó ella, mirando a su alrededor como si quisiera asegurarse de que nadie los oía.

—En eso tienes razón —admitió él—. Pero aun así tenemos que hablar.

—¿Solo porque tú lo digas? Lo siento, Sam. Las cosas no funcionan así. No puedes desaparecer durante dos años, presentarte de improviso y esperar que corra un tupido velo para hacer lo que tú quieras.

Lo miraba con una serenidad sorprendente, aunque en sus ojos ardían chispas de indignación. Tenía toda la razón del mundo para estar furiosa, pero aun así iba a tener que escucharlo.

–Lacy, ahora estoy aquí y vamos a tener que vernos a diario.

–No si yo puedo evitarlo –tiró del brazo para liberarse y él la soltó, pero la punta de los dedos le seguía ardiendo como si hubiera tocado un cable de alta tensión.

Se le presentaba un nuevo desafío. Lacy había ocupado sus pensamientos y sueños durante dos años. La Lacy dulce, encantadora y confiada que él recordaba. Pero aquella nueva faceta también le resultaba sugerente. Le gustaba el fuego que ardía en sus ojos, aunque amenazara con abrasarlo vivo.

–Trabajas para mí...

–Trabajo para tu padre.

–Trabajas para los Wyatt y yo soy un Wyatt.

Ella entornó ferozmente la mirada.

–El único Wyatt con el que no quiero tener nada que ver.

–¿Lacy?

Sam oyó la voz de Kristi tras él y maldijo en voz baja. Lo primero que pensó fue que su hermana no podía ser más inoportuna, pero entonces se dio cuenta de que los estaba interrumpiendo a propósito. Como si acudiera al rescate de Lacy.

–Hola, Kristi –Lacy le sonrió e ignoró descaradamente la presencia de Sam–. ¿Necesitas algo?

–La verdad es que sí –Kristi miró a su hermano con dureza y se volvió hacia Lacy–. Si no estás muy ocupada, me gustaría que repasáramos los planes para la fiesta de fin de temporada del próximo fin de semana.

–Con mucho gusto –dijo ella, mirando a Sam–. Ya hemos acabado, ¿no?

Sam sopesó sus opciones. Si le decía que no tendría que enfrentarse a dos mujeres furiosas. Pero si le decía que sí le haría creer que estaba claudicando. Sí, dos años antes se había marchado. Pero había regresado y los dos iban a tener que encontrar la manera de afrontarlo.

Mientras él estuviera allí.

–Por ahora –dijo finalmente, y vio el brillo de alivio en los ojos de Lacy. No le duraría mucho, porque no habían acabado.

Lacy y Kristi se marcharon y Sam se puso a pasear por las instalaciones. Podría dibujarlo todo de memoria, desde las pistas hasta los pequeños locales de comida rápida. Pero tras una ausencia tan larga, lo veía todo con nuevos ojos.

La muerte de Jack había frustrado todos los planes que estaba haciendo para ampliar las instalaciones. Sam frunció el ceño y miró la cima de la montaña. Había otras estaciones de esquí en Utah. Grandes y pequeñas, y todas ellas se beneficiaban del turismo que debería ser para Snow Vista.

Mientras miraba a su alrededor su cabeza empezó a funcionar. Necesitaban más cabañas para los huéspedes. Tal vez otro albergue, alejado del hotel. Un restaurante en la cima que ofreciera algo más sustancioso que perritos calientes y palomitas de maíz. Y para los esquiadores más experimentados habría que abrir una pista al otro lado de la montaña, donde la pendiente era más empinada y había suficientes árboles y saltos para una bajada mucho más peligrosa y emocionante.

Tenía dinero de sobra para invertir en Snow Vista. Solo haría falta el visto bueno de su padre para transformar el lugar en la primera estación de esquí del país.

Pero para acometer aquel ambicioso proyecto tendría que quedarse allí. Y no estaba seguro de querer hacerlo… o de poder hacerlo. No era el mismo hombre que el que se había marchado dos años antes. Había cambiado tanto como Lacy, o incluso más.

Quedarse allí supondría enfrentarse al pasado. Vivir con el fantasma de Jack. Verlo en cada pista. Oír su risa en el viento…

Se fijó en un esquiador solitario que se deslizaba por la montaña. La nieve salía despedida de los esquís al agacharse para ganar velocidad. Sam casi podía sentir la excitación del tipo. Se había criado en aquella montaña, y al encontrarse allí de nuevo sentía que se aliviaba el peso que arrastraba desde hacía dos años. No sería fácil, pero su lugar estaba allí.

Y en aquel momento supo que se quedaría. Al

menos hasta haber realizado todos los cambios con los que había soñado para la estación.

Lo primero era exponerle sus ideas a su padre.

–¿Y quieres encargarte tú de todo?

–Sí –respondió Sam, recostándose en unos de los sillones del salón–. Podemos convertir Snow Vista en un destino turístico de primer orden.

–Solo llevas aquí un par de horas –observó Bob, entornando los ojos–. Me parece una decisión tan precipitada como la que tomaste al marcharte.

Sam se removió en el asiento. Estaba firmemente decidido a hacerlo. Solo tenía que convencer a su padre de que era la decisión correcta.

–¿Estás seguro de que quieres hacerlo?

–Sí, papá, lo estoy. Y si empiezo enseguida todo podría estar listo dentro de unos meses.

–Recuerdo que tú y Jack os pasabais las noches haciendo bocetos y planes para la estación –su padre soltó un suspiro cargado de dolor, pero asintió y se dio unos golpecitos en la rodilla–. ¿Te encargarás de supervisarlo todo?

–Sí –le confirmó Sam.

–¿Significa eso que vas a quedarte?

–Me quedaré hasta que todo esté listo, al menos –era todo lo que podía prometer.

–Estamos hablando de varios meses, como tú mismo has dicho.

–Seis, como poco.

Su padre desvió la mirada hacia la ventana, desde la que se disfrutaba de una maravillosa vista del valle de Salt Lake.

–No me gusta que inviertas tu dinero en esto... Ahora tienes tu vida.

–Sigo siendo un Wyatt.

Bob volvió a mirarlo.

–Me alegra que no lo hayas olvidado.

Los remordimientos volvieron a invadir a Sam. Hasta dos años antes no conocía el sentimiento de culpa, pero desde entonces era una constante en su vida.

–Nunca podría olvidarlo.

–Nadie lo diría, viendo lo que has tardado en regresar...

–Lo sé, papá –se inclinó hacia delante, apoyando los codos en las rodillas–. Pero tenía que marcharme. Tenía que alejarme de...

–Nosotros.

Sam levantó la mirada hacia el rostro de su padre, lleno de arrugas y dolor.

–No, papá. No intentaba alejarme de la familia. Intentaba escapar de mí mismo.

–Eso es imposible.

–Sí... –se levantó y caminó por el salón.

Su padre tenía razón, pero dos años antes Sam era incapaz de escuchar a nadie. No quería recibir consejos ni compasión. Solo quería alejarse lo más posible de todo cuanto le recordaba que él estaba vivo y su hermano, muerto.

Se detuvo ante su padre, quien seguía sentado y mirándolo en silencio.

–En su momento me pareció lo único que podía hacer. Después de… –no pudo acabar la frase.

No importaba por qué había hecho lo que hizo. Arrepentirse de sus acciones no cambiaría el hecho de que había abandonado a sus seres queridos. La gente que más lo quería y necesitaba. Pero nadie, ninguno de ellos, podía entender lo que significaba perder a un hermano gemelo.

Su padre asintió con expresión sombría.

–Perder a Jack fue como si nos arrancaran una parte de nosotros mismos. Todos nos quedamos destrozados, y supongo que tú más que nadie. Pero dejando eso a un lado, Sam, si empiezas algo, tengo que saber si te quedarás hasta el final.

–Te doy mi palabra, papá. Me quedaré hasta que todo el trabajo esté hecho.

–Me parece bien –aceptó su padre. Se levantó y le ofreció la mano–. Tendrás que hablar con la persona encargada del mantenimiento para ponerlo todo en marcha –dijo con una sonrisa mientras se estrechaban la mano.

Sam asintió. El jefe de mantenimiento llevaba más de veinte años trabajando para los Wyatt.

–Dave Méndez. Lo veré mañana.

–Dave se jubiló el año pasado.

–¿Qué? ¿Y quién lo ha sustituido?

Su padre esbozó una ancha sonrisa.

–Lacy Sills.

\*\*\*

28

A la mañana siguiente Lacy llegó a su oficina con un café en la mano. Y al abrir la puerta a punto estuvo de atragantarse. Jadeó en busca de aire y se llevó una mano al pecho mientras fulminaba con la mirada al hombre que estaba sentado tras su mesa.

–¿Qué haces aquí?

Sam levantó tranquilamente la mirada de los periódicos.

–Estoy repasando los informes del hotel, las cabañas y el bar. Después me pondré con las pistas de esquí.

–¿Por qué? –preguntó ella, apretando el vaso.

La hermana de Sam había ido a verla la noche anterior con dos botellas de vino y un enorme plato de *brownies*. En aquel momento le había parecido una buena idea emborracharse con su amiga y entre las dos poner verde al hombre que tan importante había sido para ambas. Pero aunque no tuviera una resaca de mil demonios no podría poner mejor cara ante el hombre que le había roto el corazón.

Le seguía costando creer que hubiera regresado. Y le costaba aún más saber cómo comportarse al respecto. Lo más prudente, sin embargo, sería mantener las distancias, evitarlo lo más posible y recordarse que volvería a marcharse. La vez anterior se había marchado porque, según él, no podía enfrentarse a los recuerdos de Jack. Nada había cambiado, por lo que era del todo imposible que Sam se quedara allí permanentemente. Y Lacy no estaba dispuesta a que le rompiera otra vez el corazón.

–Antes de marcharme habíamos empezado a hacer algunas reformas.

–Sí, lo recuerdo –se adentró en la oficina, pero era demasiado pequeña y cada paso lo acercaba más a él–. Terminamos la renovación del hotel, pero el resto quedó pendiente. Tus padres no estaban… –dejó la frase sin terminar.

Los Wyatt no estaban por la labor de cambiar nada después de que la muerte de Jack lo cambiara todo.

–Bueno, pues vamos a acometer el resto mientras yo esté aquí.

Mientras estuviera allí… No podía ser más claro.

–¿Has hablado con tu padre de esto?

–Sí –juntó las manos sobre su abdomen y la observó con atención–. Me ha dado su visto bueno, de modo que vamos a empezar lo antes posible.

–¿Por dónde, exactamente?

–Lo primero será ampliar el bar y construir un restaurante en la cima, junto a los remontes. Algo que atraiga a la gente para que se queden más tiempo.

–Un restaurante… –pensó en el lugar que estaba sugiriendo y tuvo que admitir que era una buena idea.

–Hay que ser ambiciosos, ¿no crees?

–Supongo que sí –murmuró, apoyándose de espaldas en la pared y apretando el vaso con tanta fuerza que le sorprendió no estrujarlo–. ¿Qué más?

–Vamos a construir más cabañas. A la gente le gusta tener más intimidad.

–Desde luego.

–Me alegra que tú también lo veas así.

–¿Algo más?

–Mucho más… –la invitó a tomar asiento frente a la mesa–. Siéntate y hablaremos de ello.

Su actitud autoritaria irritó a Lacy, pero se sentó y miró al hombre que había ocupado su despacho y su mesa.

–Vamos a trabajar juntos en esto, Lacy –dijo él tranquilamente–. Espero que no suponga ningún problema.

–Puedo hacer mi trabajo, Sam –le aseguró ella.

–Y yo –repuso él–. La cuestión es si podemos hacerlo juntos.

# Capítulo Tres

Todo salió mal desde el principio. Tras una hora discutiendo por el estado de las instalaciones a Lacy estaba a punto de estallarle la cabeza.

—¿Por qué cerraste la pista intermedia en la ladera este? —preguntó Sam—. Quiero que vuelva a abrirse.

—No podemos abrirla hasta la temporada que viene —replicó ella, tomando un sorbo del café, que se le había quedado frío hacía una hora.

—¿Por qué no?

Lacy le sostuvo la mirada con indiferencia.

—En diciembre hubo una tormenta que tiró varios árboles y dejó medio metro de nieve —cruzó las piernas y sostuvo la taza con las dos manos—. Los pinos bloquean la pista y no podemos retirarlos porque no se puede llegar hasta el puerto.

Él frunció el ceño.

—Esperaste demasiado para enviar a los operarios.

Lacy se levantó y le clavó una mirada asesina. Sam estaba insinuando que era una incompetente.

—Esperé hasta que pasó la tormenta. Y cuando vimos los daños y sopesamos el riesgo que suponía retirar los árboles, decidí cerrar la pista.

–De modo que has pasado el resto de la temporada a medio gas.

–Lo hemos hecho muy bien –dijo ella con dureza–. Comprueba las cifras.

–Ya lo he hecho –se levantó perezosamente, obligándola a alzar la mirada–. No se puede decir que lo hayas hecho mal…

–Muchas gracias –respondió con sarcasmo.

–Pero habría sido mucho mejor con esa pista abierta.

–Sí, pero no siempre tenemos lo que queremos –repuso ella, dejando la taza en la mesa.

Él entornó la mirada y Lacy se felicitó a sí misma. Antes de que Sam la abandonara nunca perdía la calma. Pero desde que había vuelto era incapaz de contenerse.

–Hablando de otra cosa –continuó él–, el bar no está dando tantos beneficios como antes.

Ella se encogió de hombros. Aquello no era nada nuevo.

–A la gente no le entusiasman los perritos calientes. Casi todos prefieren ir a comer a la ciudad.

–Por eso hay que construir un restaurante en la cima.

–Estoy de acuerdo –admitió ella por mucho que odiara hacerlo.

Sam esbozó una media sonrisa y a Lacy le dio un vuelco el estómago. Se consoló a sí misma pensando que era una reacción involuntaria.

–Si coincidimos en eso, quizá estemos de acuerdo en más cosas.

–No cuentes con ello.

–No recuerdo que fueras tan testaruda… Ni que tuvieras tanto carácter.

–Aprendí a hacer valer mi opinión mientras estabas fuera, Sam. No voy a sonreír y asentir a todo lo que Sam Wyatt diga. Si no estoy de acuerdo en algo, lo sabrás.

Él asintió.

–Creo que la nueva Lacy me gusta tanto como la de antes… Eres una mujer fuerte. Siempre lo fuiste, decidieras mostrarlo o no.

–No finjas que me conoces, Sam.

–Te conozco, Lacy –replicó él, rodeando la mesa–. Estuvimos casados.

–Estuvimos, eso es –puntualizó ella, retrocediendo un par de pasos–. Ya no me conoces. He cambiado.

–Ya lo veo… Pero la esencia sigue siendo la misma –volvió a cubrir la distancia que los separaba–. Sigues oliendo a lilas. Sigues llevando el pelo recogido en una trenza, que a mí me encantaba deshacer.

A Lacy se le desbocó el corazón. ¿Por qué Sam seguía teniendo la habilidad de provocarla con unas pocas palabras y una mirada? ¿Por qué el deseo no se había ahogado en el mar de lágrimas en que ella se había sumido tras su marcha?

–Para.

–¿Por qué? –continuó acercándose, un paso tras otro–. Sigues siendo increíblemente hermosa.

La oficina no era lo bastante grande para los

dos, pensó Lacy mientras intentaba mantener la barrera de la mesa entre ellos. No confiaba en sí misma cuando estaba con él. Desde que era una niña lo había deseado y nunca había dejado de hacerlo.

–No tienes derecho a hablarme así. Te marchaste, Sam. Y yo pasé página.

¿Cómo iba a pasar página si Sam Wyatt era el amor de su vida? El único hombre al que había deseado... y al que seguía deseando. Pero no podía demostrárselo. Porque había confiado en él ciegamente y se había quedado sola.

Sam entornó la mirada.

–¿Hay alguien más?

Ella se rio, pero fue una risa forzada que le quemó la garganta.

–¿Por qué te sorprende? Has estado dos años fuera, Sam. ¿Creías que iba a ingresar en un convento o algo así? ¿Que me prometería no volver a amar a ningún otro hombre?

Él apretó la mandíbula y los dientes.

–¿Quién es?

Ella ahogó un gemido.

–No es asunto tuyo.

–Es verdad, no lo es, aunque odie reconocerlo –se acercó más, tanto que Lacy percibió el olor a champú y colonia. Era el mismo hombre de siempre. Pero nada era lo mismo.

Ningún otro hombre la había afectado como él. Ningún otro le había hecho creer en el amor eterno. Y el resultado había sido desastroso.

–¿Quién es, Lacy? –le tocó la punta de la trenza–. ¿Lo conozco?

–No –murmuró ella, buscando desesperadamente una salida–. ¿Por qué te importa tanto?

–Como ya he dicho, estuvimos casados.

–Ya no lo estamos.

–No... –le puso los dedos en la barbilla y le hizo mirarlo–. Tus ojos siguen tan azules como siempre.

Su voz susurrante la hacía vibrar, y su roce le provocaba descargas de calor por todo el cuerpo. Respiró hondo para intentar despejarse, pero en vez de eso se vio envuelta por la fragancia varonil de Sam, que le nublaba los sentidos y le despertaba recuerdos que tanto le había costado enterrar.

–¿Sigues sabiendo igual? –le preguntó suavemente, antes de descender hacia ella.

Lacy pensó que debía detenerlo, pero no lo hizo. No pudo hacerlo. Sus labios entraron en contacto y todo se desvaneció a su alrededor. El corazón le latía frenético, la sangre le hervía en las venas y el placer se le propagaba por todos los rincones del cuerpo, avivado por la pasión que solo había experimentado con Sam.

Se dijo a sí misma que era una reacción puramente corporal, nada más. El dolor era finalmente mitigado por el hombre que se lo había provocado.

Sam la apretó con fuerza contra él y, por un breve e increíble instante, Lacy se permitió sentir el goce de volver a apretarse contra su recio y mus-

36

culoso pecho. Sentir sus brazos rodeándola. Separar los labios para que su lengua la invadiera y desatara las sensaciones dormidas…

Después de dos años bastaba un beso para recordarle todo lo que habían compartido y conocido. Su cuerpo empezó a ceder, pero su cabeza le gritaba que se detuviera. Y tras una corta y enconada lucha, acabó ganando la voz de la razón.

Se apartó de él y sacudió la cabeza.

—No. Basta. No quiero hacerlo.

—Acabamos de hacerlo.

Ella lo miró, furiosa con él y aún más consigo misma. ¿Cómo podía ser tan estúpida? Sam la había abandonado, solo llevaba un día allí y ella permitía que la besara… La situación no podía ser más humillante.

—Ha sido un error.

—Para mí no —repuso Sam, pero parecía tan alterado como ella.

Un pobre consuelo, pensó. El ambiente de la oficina se volvió repentinamente claustrofóbico. Tenía que escapar de allí y salir al aire libre para poder pensar de nuevo con claridad.

—No puedes volver a tocarme, Sam —tuvo que hacer un enorme esfuerzo para decirlo, pues todo el cuerpo seguía ardiéndole—. No te lo permitiré.

Él frunció el ceño.

—¿Por serle fiel a tu amigo?

—No —respondió ella—. Por protegerme yo.

—¿Protegerte de mí? —pareció sorprendido—. ¿De verdad crees que necesitas protegerte de mí?

–Una vez me pediste que confiara en ti. Que creyera en tu amor y que nunca me dejarías.

El rostro de Sam se ensombreció, pero ella no podía detenerse.

–Me mentiste… Y me dejaste.

–¿Crees que tenía pensado marcharme, Lacy? ¿Crees que era lo que quería hacer?

–¿Cómo iba a saberlo? –espetó ella, dolida y furiosa–. No quisiste hablar conmigo, Sam. Primero te cerraste en banda y luego desapareciste. Me rompiste el corazón, pero no permitiré que vuelvas a hacerlo. Así que apártate de mí.

–He vuelto, Lacy. Y no voy a apartarme. Esta sigue siendo mi casa.

–Pero yo ya no soy tu mujer –declaró, aceptando la dolorosa realidad.

Él respiró hondo y se frotó la nuca.

–He pensado mucho en ti –le confesó en voz grave y profunda–. Te he echado de menos.

Una mezcla de placer y dolor le desgarró el corazón. El sabor de Sam seguía impregnándole los labios, y tenía los sentidos tan agudizados que estaba a punto de explotar. Se aferró con fuerza al dolor y dejó que el placer se evaporara.

–Es culpa tuya si me echaste de menos, Sam. Fuiste tú quien se marchó.

–Hice lo que tenía que hacer.

–Y que se fastidiara el resto –añadió ella.

Él se pasó una mano por el pelo y dio un paso atrás, dándole a Lacy el espacio que tan desesperadamente necesitaba.

–Supongo que eso fue lo que pareció.

–Eso fue lo que pasó, Sam –corrigió ella, y aprovechó la oportunidad para protegerse al otro lado de la mesa–. Nos abandonaste a todos. A mí, a tus padres, a tu hermana… Te marchaste de casa y dejaste que los demás lidiáramos con las consecuencias.

–No podía hacer otra cosa –sus ojos verdes ardían como un bosque en llamas–. ¿Necesitas oírmelo decir? Muy bien, pues lo confieso. Me sentía completamente perdido tras la muerte de Jack. ¿Mejor así?

A Lacy se le nubló la vista por la furia que se desataba en su interior, junto a todas las emociones que había intentado enterrar dos años antes.

–¿Mejor? –hablaba con dureza, pero sin alzar la voz. No le daría la satisfacción a Sam de saber cuánto la herían sus palabras–. Que mi marido me dejara igual que si se desprendiera de una camisa vieja…

–Yo no…

–Ni se te ocurra buscar excusas –lo interrumpió ella.

–No lo haré –apretó los puños–. No puedo ni darme una explicación a mí mismo, así que mucho menos podría explicártelo a ti y a los demás. Me marché, sí, y quizá fue una equivocación.

–¿Quizá?

–Pero ahora he regresado.

Lacy meneó la cabeza y contuvo la irritación. Una discusión con Sam no era la menor manera de demostrarle que había superado su abandono. No iba a permitir que la arrastrara a un drama familiar. Ella ya no formaba parte de la familia Wyatt. El regreso de Sam no tenía nada que ver con ella.

–No has vuelto por mí, Sam. Así que no finjas lo contrario, ¿de acuerdo?

–¿Y si lo hubiera hecho?

–No supondría ninguna diferencia –le dijo, esperando con todas sus fuerzas que la creyera–. Lo nuestro acabó.

Él la observó en silencio durante un minuto.

–Creo que acabamos de demostrar que lo nuestro no se acabó del todo.

–Lo que ha pasado no cuenta.

Él la miró con asombro y soltó un bufido.

–Claro que cuenta. Pero haremos como si no por el momento.

Lacy soltó el aire que había estado conteniendo sin darse cuenta. Era absurdo sentirse aliviada y al mismo tiempo irritada por la facilidad con que Sam mostraba y ocultaba sus emociones.

–Volviendo al trabajo –dijo él en tono tranquilo y serio, como si el beso no hubiera tenido lugar–. Ayer tú y Kristi estuvisteis hablando de la fiesta del final de temporada.

–Sí. Todo está programado.

Perfecto. El trabajo era lo suyo. Se había pasado un año dirigiendo la estación y lo había hecho muy bien. Sam podría comprobar en los informes que no se había quedado de brazos cruzados ni lamiéndose las heridas después de que él se marchara. Tenía una vida que le encantaba y un trabajo que se le daba de maravilla. Era feliz, qué demonios.

Rodeó la mesa y abrió un archivo en el ordenador.

—Puedes verlo por ti mismo.

Se apartó y él se inclinó para mirar el monitor.

—Todo parece en orden, pero el final de temporada no suele ser hasta marzo. ¿Por qué vamos a cerrar las pistas anticipadamente?

—No ha habido nevadas importantes desde principios de enero. Ha hecho bastante frío para mantener la nieve acumulada en buen estado, pero ya empieza a congelarse. Nuestros clientes esperan la mejor nieve del mundo…

—Lo sé.

Pues claro que lo sabía. Al igual que ella, Sam se había criado esquiando por las mismas laderas de las que estaban hablando.

—Bien, pues deberías entender por qué debemos adelantar el cierre oficial —rodeó la mesa para que esta volviera a interponerse entre ellos—. Las cifras descienden. La gente sabe que no hay nieve fresca y no tiene prisa por subir a la montaña. Adelantando el final de temporada los animaremos a acudir en mayor número. El hotel ya está reservado y solo nos quedan dos cabañas disponibles…

—Una —la interrumpió él.

—¿Una qué?

—Solo queda una cabaña disponible. He llevado mis cosas a la número seis.

Lacy se estremeció al oírlo. La cabaña 6 estaba

cerca de su casa. Demasiado cerca. Y él lo sabía. ¿Había elegido aquella cabaña a propósito?

–Creía que te quedarías en el hotel, con tu familia.

–No. Prefiero alojarme en la cabaña. Necesito espacio.

–Muy bien –respondió ella secamente. No era asunto suyo dónde se hospedara–. La gente del valle seguirá viniendo a esquiar aunque estemos oficialmente cerrados, por lo que mantendremos los remontes en funcionamiento. Si nieva vendrá más gente. Pero si celebramos antes la fiesta de final de temporada la publicidad hará que sigan viniendo turistas hasta que se derrita la nieve.

–Me parece una buena idea –dijo él de mala gana.

–¿Te sorprende?

–En absoluto –se dejó caer en la silla–. Conoces este lugar tan bien como yo y eres la persona adecuada para dirigir la estación de esquí. ¿Por qué habría de sorprenderme que hagas bien tu trabajo?

¿Le estaba haciendo un cumplido?

–Quiero repasar el resto de informes –continuó él–, y como tú eres la nueva encargada quiero que mañana hablemos sobre los planes que tengo para el complejo.

–Muy bien –dijo, y se encaminó hacia la puerta–. Hasta mañana, entonces.

–Y, Lacy…

Ella se detuvo y lo miró por encima del hombro.

–No hemos acabado. Y nunca acabaremos.

El beso permaneció horas grabado en sus labios.

Había vivido sin ella durante dos años. No había sido fácil, especialmente al principio, pero el recuerdo de Lacy había quedado enterrado bajo el dolor, la ira y el sentimiento de culpa. Se había convencido de que ella estaba bien porque no soportaba pensar lo contrario, pero su imagen lo acosaba por las noches y en sueños seguía oliéndola, tocándola, saboreándola…

Había bastado con volver a probar aquellos suculentos labios para que todo el cuerpo le ardiera de deseo y un anhelo exacerbado consumiera los restos de su corazón. Tiempo atrás había creído amarla con toda su alma, pero el amor no había sido lo suficiente fuerte para sobrevivir al dolor. Ya no sentía amor sino un deseo enloquecedor, salvaje y lujurioso, que no dejaba de atormentarlo.

Había dicho que estaba con alguien. ¿Quién demonios sería el afortunado que podía tocarla y oír sus gemidos cuando llegaba al orgasmo? ¿Quién sentiría sus pequeñas y fuertes manos deslizándose por la piel? Se estaba volviendo loco solo de pensarlo.

El corazón le decía que era un miserable, pero la cabeza le recordaba que había tenido que marcharse y que todo habría sido peor si se hubiera quedado.

Fuera como fuera, allí estaba de nuevo y allí se quedaría al menos unos cuantos meses. ¿Cómo iba a aguantar sin tocarla? No podría. Tenía que tocarla, tanto como fuera posible y lo más pronto posible. La respuesta de Lacy al beso no dejaba lugar a dudas; ella también lo deseaba aunque no quisiera admitirlo. De manera que… al diablo con su novio, fuera quien fuera.

Se giró en la silla y contempló la noche por la ventana. Las luces que brillaban en el valle iluminaban el horizonte y atenuaban el brillo de las estrellas. Desvió la mirada hacia el complejo, donde las luces doradas se proyectaban sobre la nieve. Todo estaba precioso e impoluto. Había echado terriblemente de menos aquel lugar.

De nuevo estaba allí, frente a los fantasmas del pasado y la necesidad de hacer las paces con Lacy.

Pero quizá no fueran solo las paces lo que quería hacer con ella.


Durante los próximos días Lacy se empeñó en evitarlo y Sam no intentó acercarse más de la cuenta. Si la agobiaba solo conseguiría ponerla más nerviosa. Juntos habían prendido un fuego salvaje, y Sam quería recuperarlo.

La miró y casi sonrió por la distancia que ella mantenía a propósito. No le serviría de nada. A pesar del frío y de la nieve que crujía bajo sus botas nada podría apagar el fuego que ardía entre ellos.

Sam apartó la mirada de Lacy y observó el bar.

Pequeño y tradicional, llevaba allí desde antes de que él naciera. Pero la gente se decantaba cada vez más por la comida sana que por los perritos calientes con chili y mostaza.

–¿En qué piensas? –Lacy lo estaba mirando. Estaba claro que seguía enfadada por haberla sacado del hotel para mostrarle dónde quería el nuevo restaurante.

–Que quiero un perrito con chili.

Por unos instantes la mirada de Lacy se descongeló.

–Siempre te encantó el chili de Mike.

–He viajado por todo el mundo y no he encontrado nada que lo supere.

–No me sorprende. Creo que usa combustible de cohetes como ingrediente.

Sam sonrió y le sorprendió que ella le devolviera la sonrisa. Una ráfaga de brisa le agitó la trenza por encima del hombro. Tenía las mejillas rosadas y los ojos brillantes, tan atractiva que Sam tuvo que reprimirse para no estrecharla en sus brazos. Pero mientras lo pensaba la sonrisa de Lacy se desvaneció.

–Creo que conservaremos el bar por los viejos tiempos –decidió, obligándose a apartar la vista de ella–. Pero me gustaría que el nuevo restaurante estuviera ahí –señaló el lugar con el dedo, delante de los pinos–. Con una zona ajardinada al abrigo de los árboles y con suelo de madera.

Ella miró adonde le indicaba y asintió.

–Es un buen lugar. Pero el mantenimiento de

una tarima de madera exige mucho trabajo. ¿No sería mejor un suelo de adoquines?

Sam lo pensó un momento.

–Buena idea. Y además, es más fácil de limpiar. Anoche llamé a la empresa constructora de Dennis Barclay. Vendrá mañana a tomar medidas y trazar algunos bocetos para que podamos ir a la ciudad a solicitar los permisos.

–Dennis hace un buen trabajo –introdujo una nota en su iPad–. Franklin Stone podría ocuparse del pavimento. Tienen un patio en Ogden con muestras de losas y adoquines.

–Buena idea. Lo veremos cuando tengamos los permisos y los planos del restaurante.

–Bien –respondió ella con voz fría y seca–. Para la ampliación encargamos los planos al estudio de Nancy Frampton.

–Es buena. Está bien, la llamaré mañana.

Lacy escribió otra nota y Sam casi se echó a reír. Estaba firmemente decidida a mantener las distancias y a fingir que no había pasado nada en la oficina. Y él estaba conforme con el disimulo… de momento.

–Anota que tenemos que decidir el emplazamiento de la ampliación. Quiero que esté lo bastante cerca del edificio principal para que sea una parte integrante del hotel, pero también lo suficientemente separado. Se podría conectar con un camino cubierto para que los huéspedes pudieran ir y venir incluso cuando haga mal tiempo.

–Eso sería ideal –Lacy se detuvo–. Hace un año

equipamos la cocina del hotel con electrodomésticos más grandes, de modo que podemos ofrecer algo más que desayunos y almuerzos.

Él se giró para mirarla.

–¿Y por qué no lo estáis haciendo?

–Necesitamos un nuevo cocinero –suspiró y se puso las gafas de sol–. María no se jubilará hasta asegurarse de que podemos pasar sin ella.

Sam sonrió al pensar en la mujer que había trabajado en el hotel desde que él era un crío. María formaba una parte fundamental de su infancia, tanto como la montaña misma.

–Pues no creo que quiera jubilarse nunca.

–Puede que no. Pero si queremos servir un menú más variado necesitaremos otro cocinero. María no quiere jubilarse aún, pero no puede ocuparse ella sola de todo el trabajo diga lo que diga. Otro cocinero supondría una diferencia primordial.

–Anótalo.

–Ya lo he hecho.

Sam la agarró del codo y la giró hacia el bar.

–Vamos. Antes de seguir te invito a unos perritos con chili.

–No, gracias. No tengo hambre.

–Recuerdo que tú siempre tenías hambre –dijo, tirando de ella.

–Oh, por todos los… –se soltó y echó a caminar junto a él–. Las cosas cambian, por si no lo sabes.

Tenía razón. Muchas cosas habían cambiado. Pero la química que ardía entre ellos seguía estando presente. Más fuerte que nunca. Dos años de ausencia no habían mitigado lo que sentía por ella. Y desde el beso sabía que ella sentía lo mismo.

–El chili de Mike tampoco ha cambiado. Y eso es lo único que me interesa ahora mismo.

No era cierto, porque también estaba pensando en lo que sucedería después. De modo que se abstendría de tomar cebolla.

# Capítulo Cuatro

–Papá está muy contento de que Sam haya vuelto a casa –Kristi apuró su vino y agarró la botella para rellenar la copa.

–Lo sé –confirmó Lacy, bebiendo el suyo más despacio–. Y tu madre también.

Kristi suspiró y se hundió en el descolorido sillón que ocupaba frente a Lacy.

–Sí… No ha dejado de cocinar ni un momento. Pasteles, tartas, galletas… Es de locos. Ni siquiera deja que el horno se enfríe. Entre mamá atiborrándonos de dulces y María preparando los platos favoritos de Sam creo que he ganado cinco kilos.

Lacy contempló el fuego de la chimenea. La noche era fría y la luna se reflejaba en la nieve, pero dentro se estaba de maravilla. Y aún se estaría mejor si la conversación no girara en torno a Sam.

Habían pasado varios días y el disgusto se había transformado en un anhelo cada vez más fuerte. No quería desear a Sam, pero no podía evitarlo. Pero desearlo no implicaba necesariamente rendirse a lo que sentía por él.

–Todos están muy contentos con su regreso –estaba diciendo Kristi–. Es como si hubieran olvidado el dolor que provocó su marcha.

—Lo entiendo —corroboró Lacy, tomando otro sorbo de vino. Para la familia de Sam era distinto. Tenerlo de nuevo en casa llenaba el vacío que habían sufrido durante tanto tiempo.

Respiró hondo y esbozó una sonrisa forzada.

—Tus padres lo echaban terriblemente de menos. Están muy agradecidos de tenerlo otra vez con ellos.

—Sí, pero ¿cómo pueden olvidar lo que hizo? —preguntó Kristi con el ceño fruncido—. ¿Cómo pueden perdonarlo tan fácilmente después de que nos abandonara de aquella manera?

—No lo sé —Lacy agarró una galleta de chocolate y la masticó pensativa mientras Kristi seguía despotricando contra su hermano—. Creo que para tus padres es más importante su regreso que castigarlo por haberse marchado.

—Nos hizo mucho daño a todos.

—Sí, es verdad —Lacy sabía cómo se sentía su amiga. Tampoco ella podía olvidar el pasado.

Como tampoco podía olvidar el beso… Se había pasado los últimos días en guardia, atenta a cualquier movimiento de Sam.

Pero él no había intentado nada.

—Antes creía que todo sería más fácil si Sam volviera —admitió Kristi—. Pero no es así. Es… No sé…

—Es tu hermano, Kristi —Lacy apoyó los pies en la mesita—. Aún estás furiosa con él, pero lo quieres y en el fondo te alegras de que haya vuelto.

—¿Y tú?

—¿Yo qué?

—¿Todavía lo quieres?

A Lacy le dio un brinco el corazón.

—Esa no es la cuestión.

—Claro quc sí.

Lacy tomó un largo trago de vino.

—No se trata de mí ni de lo que siento.

—O sea, que la respuesta es sí… —adivinó Kristi con una media sonrisa.

—No, la respuesta es no —aclaró ella rápidamente. Que el corazón se le desbocara cada vez que lo veía no significaba que lo amase. El deseo era una cosa; el amor era algo muy distinto—. Pero aunque así fuera, no importaría.

—Tú también sigues furiosa con él.

Lacy suspiró.

—Cierto.

—Ha trabajado muy duro para la fiesta de final de temporada —admitió Kristi a regañadientes—. Hasta ha llamado a uno de sus viejos amigos, Tom Summer, para que venga a tocar con su grupo. Será estupendo tener música en vivo.

—Y que lo digas —a Lacy le molestaba que Sam hubiera conseguido un grupo de música con tanta facilidad, después de que ella hubiera probado sin éxito con todo el mundo. Sam tenía amigos en todas partes, y todos estaban encantados de tenerlo otra vez en Snow Vista. Ella era la única que no celebraba su regreso. Tampoco Kristi, pero el vínculo fraternal sin duda acabaría prevaleciendo sobre el remordimiento.

Sin embargo, Sam se mantenía alejado de los

esquiadores y turistas que acudían en masa a Snow Vista, seguramente para evitar que le preguntaran por Jack. Tampoco se acercaba a la que había sido la pista favorita de su hermano. Los recuerdos debían de pesarle demasiado, igual que le pasaba a ella. Incluso aquella cabaña, donde Lacy había crecido, había dejado de ser un santuario. El recuerdo de su padre había dejado paso a los recuerdos de la vida que había iniciado con Sam. Al casarse se habían instalado en la cabaña con la intención de ir ampliándola hasta que tuvieran la casa de sus sueños. La cabaña estaba en el lugar perfecto, cerca del hotel y de las pistas y con unas vistas fabulosas. Y además era suya, tras haberla heredado de su padre. Pero los planes de ampliación seguían en un armario y las habitaciones para los niños nunca llegaron a construirse.

–No sé si lo quiero aquí o no –continuó Kristi–. Me alegro por mis padres, pero verlo cada día… –se detuvo y miró a Lacy con ojos muy abiertos–. No me quiero ni imaginar cómo debe de ser para ti.

–Estoy bien –miró por la ventana más próxima y vio la luz de la cabaña 6.

Durante el día casi podía fingir que Sam no estaba allí, pero era imposible ignorar su presencia cuando encendía las luces por la noche. Mientras miraba vio su sombra pasando junto a la ventana y el corazón se le aceleró. Tenerlo tan cerca era una tortura.

–No estás bien –observó Kristi.

Lacy podría haberla contradicho, pero Kristi era su mejor amiga y la conocía mejor que nadie.

–De acuerdo, no lo estoy –apretó con fuerza la copa–. Pero lo estaré. Solo necesito un poco de tiempo.

–El problema es que estamos dejando que nos afecte –dijo Kristi, tomando otra galleta–. De esa manera le damos todo el poder. Lo que tenemos que hacer es arrebatárselo.

–Has estado leyendo otra vez esos libros de autoayuda, ¿verdad?

–Pues sí –sonrió–. Pero muchas cosas de las que dicen tienen sentido. Solo puede fastidiarnos si se lo permitimos. De modo que tenemos que dejar de hacerlo.

–Excelente idea –dijo Lacy, riendo–. ¿Y cómo se hace eso?

–Aún no he llegado a ese capítulo…

–Me extraña que Tony aún no se haya vuelto loco contigo –Tony era guapo, inteligente y estaba perdidamente enamorado de Kristi. Llevaban un año juntos y Lacy intentaba alegrarse por su amiga en vez de envidiarla.

–Me quiere –soltó un romántico suspiro–. ¿Quién habría imaginado que me enamoraría de un contable?

–Y de los mejores. Ha hecho un trabajo magnífico con las cuentas del hotel.

–Sí, es fantástico… Pero el problema es Sam.

El problema de Lacy siempre había sido Sam. Había sabido que era el único hombre al que deseaba desde que tenía quince años, aunque Jack era el más divertido y locuaz de los hermanos, siempre de buen humor y con una pasión desbordada por la vida. Al morir se había llevado consigo una parte de todos sus seres queridos. Y la mayor parte había sido de Sam. Fueron unos días espantosos, en los que Lacy observaba impotente como Sam se hundía en un pozo de angustia y desolación. Tumbada a su lado en la cama sentía que se iba alejando inexorablemente de ella.

Se había perdido en la agonía y no había logrado encontrar la salida. Pero aunque Lacy entendía el motivo le costaba aceptarlo.

–Es tu hermano, Kristi. No puedes seguir enfadada con él para siempre.

Los ojos de Kristi se llenaron inesperadamente de lágrimas.

–La pérdida de Jack nos afectó a todos, pero él parece que no lo entiende. Nos hizo mucho daño. ¿Cómo se puede perdonar y olvidar?

–No lo sé –admitió Lacy. Lo que sí sabía era que ella jamás podría olvidar lo que había sufrido.

–No creo que pueda –Kristi dejó la copa y se levantó para acercarse a la ventana, desde la que se veía la luz de la cabaña de Sam–. No debería ser tan difícil.

–Solo tienes que seguir intentándolo.

–¿Y tú? ¿Vas a intentarlo también?

–Mi situación es distinta, Kristi. Él y tú sois familia –se levantó y recogió las galletas y el vino de la mesa–. Antes también él y yo éramos familia, pero ya no. De modo que no tiene importancia lo que yo piense de él.

Kristi le dedicó una triste sonrisa.

—Claro que importa. Tú importas, Lacy. No quiero que vuelva a hacerte daño.

Lacy le guiñó un ojo.

—Solo puede hacerme daño si yo le dejo. Y te aseguro que no voy a permitirlo.


La fiesta fue un éxito rotundo. Snow Vista se llenó de turistas y gente del valle, el lugar bullía de energía y actividad, la música se elevaba en el aire y el ritmo parecía reverberar en la tierra. Alrededor de Sam todo el mundo hablaba, reía y bailaba. Todos se lo pasaban estupendamente. Entonces, ¿por qué él se sentía tan inquieto?

De repente supo por qué.

Habían pasado dos años desde que Sam se encontrara entre tanta gente. Había evitado las multitudes como a una plaga. Era Jack el que siempre había disfrutado dándose un baño de masas, siendo el centro de atención y ganándose la admiración y los aplausos de todos. Sus descensos eran cada vez más veloces, sus saltos cada vez más altos, sus giros cada vez más arriesgados... Desde niños había sido el más temerario de los dos, siempre saliéndose de las pistas señalizadas, sorteando árboles a una velocidad endiablada y saltando sobre las rocas. En una ocasión saltó desde un precipicio y se pasó ocho semanas con la pierna escayolada.

Siempre había sido un adicto a la velocidad, y aquella obsesión lo había llevado a la muerte en un accidente de coche. Imprudente hasta el fin, Jack nunca se había preocupado por las consecuencias.

Hubo un tiempo en el que Sam había admirado y envidiado la habilidad de su hermano para conseguir del mundo exactamente lo que quería. A Jack le encantaba la publicidad, atender a los periodistas y verse en las portadas de las revistas. Necesitaba la adulación de sus admiradores como si fuera una droga.

Y aquella fiesta habría sido un escaparate perfecto para él. Habría acaparado toda la atención y se habría ganado a todo el mundo con su carácter jovial y risueño.

–¡Señor Wyatt!

Sam giró la cabeza y vio a una mujer rubia y esbelta que se dirigía hacia él con un micrófono en la mano y con un cámara pisándole los talones. Una reportera.

Se puso rígido, preparado para la batalla. Tiempo atrás había tratado con la prensa como un profesional. Cuando esquiaba y competía debía someterse ineludiblemente a las mismas preguntas estúpidas que siempre le repetían ante las cámaras. Pero las preguntas habían cambiado tras la muerte de Jack, y desde entonces Sam se había esforzado por evitar a los periodistas.

Aquella noche, sin embargo, no podía evitarlos. La fiesta del final de temporada era un gran evento y necesitaban la mayor publicidad posible.

–Señor Wyatt –repitió la mujer al acercarse. Le

dedicó una radiante sonrisa y se volvió hacia el cámara–. Scott, enfócanos con la fiesta de fondo para crear ambiente.

Ni siquiera le había preguntado a Sam si estaba dispuesto a hablar para la cámara. Seguramente estaba acostumbrada a que la gente se desviviera por salir unos pocos minutos en televisión.

La luz de la cámara se encendió y los curiosos empezaron a congregarse alrededor de ellos, con el tonto de turno poniendo muecas y saludando a la cámara.

–Soy Megan Short, del Canal Cinco –se presentó la mujer con una sonrisa tan falsa como sus pestañas–. Si pudiera dedicarnos unos minutos me gustaría hablar con usted sobre la fiesta.

–Claro –aceptó Sam, intentando fingir más entusiasmo del que sentía.

–Estupendo –la mujer miró hacia la cámara y esperó a que el tipo le hiciera una señal–. Megan Short informando desde el complejo Snow Vista, donde en estos momentos se celebra la fiesta de final de temporada.

Sam se obligó a relajarse y respirar hondo. Sin apenas escuchar a la reportera paseó la mirada por la ruidosa multitud. Muchos seguían saltando detrás de él para que la cámara los grabase, pero la mayoría disfrutaba de la fiesta y no les prestaba la menor atención. La gente reía, los niños patinaban, el aire era fresco y el cielo estaba despejado. Una noche perfecta… de no ser por la reportera.

–Mucha gente decía que la fiesta había perdido

gran parte de su encanto en los últimos años –estaba diciendo Megan–, pero esta noche estamos asistiendo a una celebración por todo lo alto –miró a Sam–. Y creo que todo se debe al regreso del campeón Sam Wyatt –le dedicó otra fatua sonrisa–. Díganos, ¿cómo ha sido volver al lugar donde su hermano Jack y usted se convirtieron en los amos del esquí?

Sam tragó saliva. Tendría que habérselo imaginado. No había nada que le gustara más a la audiencia que el morbo y las desgracias.

–Es estupendo volver a estar en casa –respondió, aun sabiendo que la periodista no se conformaría con tan poco.

–La trágica muerte de su hermano hace dos años conmocionó a todo el estado. Dígame, Sam, ¿cómo se siente al estar aquí sin Jack?

A Sam le costó ocultar su disgusto y frustración. ¿Por qué los periodistas le preguntaban siempre lo mismo? ¿Acaso no podían adivinar cómo se sentía? ¿O tal vez no tenían el menor escrúpulo hurgando en las heridas abiertas y echando sal sobre ellas?

Pues no iba a conseguir lo que quería de él. Sam tenía sobrada experiencia tratando con las personas que metían sus narices en todo. Encerró sus emociones y adoptó una expresión impasible.

–A Jack le encantaba la fiesta del final de temporada –dijo en tono firme y sereno, a pesar del esfuerzo que le costaba–. Por eso me alegra estar aquí y ver cómo todo el mundo se divierte.

–Estoy segura, pero…

–El grupo de Tom Summer es genial. Si hace una pasada con la cámara, podrá ver que hemos abierto el estanque para patinar sobre hielo y que hay más de dos docenas de puestos de comida que ofrecen de todo, desde pizzas hasta barbacoa coreana y *funnelcakes* –le sonrió a la cámara.

–Sí –dijo la reportera, empeñada en salirse con la suya–. Pero sin duda sería mucho más especial si su hermano estuviera aquí esta noche… ¿Su muerte sigue afligiendo a la familia Wyatt?

Lo había intentado, se dijo Sam. Había puesto todo su empeño en mostrarse amable y no dejarse afectar por el impertinente interrogatorio. Pero todo hombre tenía un límite, y aquella mujer acababa de traspasar el suyo.

–Sin comentarios –dijo, aunque sabía que una declaración tan escueta a una reportera era como agitar un capote delante de un toro.

–Debe de ser muy difícil perder a un hermano gemelo…

–¿Difícil? –un modo patético para describir lo que la muerte de Jack había provocado en él y en su familia–. Creo que la entrevista ha terminado.

Pero la reportera era implacable. Se había marcado un objetivo y no iba a marcharse hasta haber completado su misión.

–Es imposible imaginar lo que debió de ser para usted –se acercó más a Sam para que ambos compartieran el plano–. Competir con su hermano y luego ser su donante de médula cuando enfermó de leucemia…

Sam respiró profundamente… lo único que podía hacer. Si hablaba se acabaría arrepintiendo. Todos los recuerdos lo invadieron de golpe. La sobrecogedora noticia de que Jack tenía cáncer. El tratamiento. Los estragos de la quimio en el cuerpo de su hermano… Y finalmente, Sam donando su médula ósea en un desesperado intento por salvar a la otra mitad de sí mismo.

El trasplante funcionó, y en unas pocas semanas Jack había recuperado las fuerzas gracias a su férrea voluntad y su determinación para volver a ser el que era.

–… ayudándolo a ganar aquella batalla –estaba diciendo la reportera–. Pero tras vencer el cáncer murió en un accidente de coche cuando iba de camino al aeropuerto para competir en un campeonato internacional de esquí –acercó el micrófono a Sam–. Díganos, con sus propias palabras, cómo sobrevivieron usted y su familia a una pérdida tan horrible.

Sam apretó los puños y los dientes, sintiendo cómo se le secaba la garganta y le hervía la sangre en las venas. Sabía que si abría la boca explotaría.

–¡Megan Short! –Lacy apareció de repente junto a él y le sonrió a la periodista–. Soy Lacy Sills, la encargada del complejo. Estamos muy contentos de tener al Canal Cinco en Snow Vista. ¡Espero que todos los que nos están viendo se unan a la fiesta! Hay comida gratis, una pista de patinaje para los niños, música en vivo y los mejores postres de Utah. La noche es joven… ¡Os esperamos!

Megan desvió la atención hacia ella.

–Gracias por la invitación, Lacy. A lo mejor tú puedes responder a la pregunta. Nuestros telespectadores han visto cómo Sam y Jack Wyatt ganaban todos los premios de esquí posibles. Tú estuviste casada con Sam, por lo que quizá puedas contarnos no solo cómo convives con el fantasma de Jack Wyatt, sino también con tu exmarido.

Sam miró a Lacy, contento de verla y al mismo tiempo molesto porque ella hubiera creído que necesitaba ayuda. Durante varios días había hecho todo lo posible por evitarlo, y de repente acudía en su rescate. ¿Por qué?

Lacy levantó el mentón, los ojos le destellaron al sostenerla la mirada a la periodista y Sam sintió una oleada de orgullo y admiración.

–Sobre Jack Wyatt solo puedo decir que todos lo echamos de menos y que siempre estará presente en nuestra memoria –sonrió con frialdad–. Muchas gracias por venir hoy al complejo, y espero que todos tus telespectadores vengan a la montaña a disfrutar de la fiesta del final de temporada. Ahora, si nos disculpas, Sam y yo tenemos otras cosas de las que ocuparnos…

Sin esperar respuesta, entrelazó el brazo con el de Sam y tiró de él. Sam no desaprovechó la oportunidad y los dos se alejaron de la gente y el alboroto hasta detenerse detrás del edificio, donde apenas llegaba el ruido.

Si Lacy no hubiera aparecido en aquel momento Sam le habría dicho a la periodista lo que pensaba de ella. Y eso no habría sido positivo ni para él ni para el hotel.

–Gracias –le dijo cuando pudo destensar la mandíbula y los dientes.

–De nada. Llevo dos años tratando con Megan Short. Es incansable.

–Como una leona persiguiendo a su presa –murmuró él, furioso por haber dejado que lo afectara tanto.

–A su lado una leona parecería una gatita –dijo Lacy, riendo–. Todas las personas a las que entrevista acaban llorando, gritando o amenazándola.

–Tú la has manejado muy bien –ella se limitó a encogerse de hombros–. ¿Por qué? Podrías haberme dejado en la estacada pero no lo hiciste.

–Un par de minutos más con ella y habrías echado a perder toda la publicidad que estamos consiguiendo.

–¿Solo lo hiciste por eso? ¿Por el bien del hotel?

–¿Por qué si no, Sam?

–Eso es lo que quiero saber –la recorrió con la mirada, antes de posarla en sus ojos–. Creo que hay algo más... Creo que aún sientes algo.

Ella soltó un bufido.

–Siento muchas cosas. Pero no por ti.

Él sonrió al ver cómo jugueteaba con el extremo de la trenza. Era algo que siempre hacía cuando evitaba admitir la verdad.

–Estás tocándote el pelo... y los dos sabemos lo que eso significa.

Ella se detuvo al instante.

—¿Sabes? En el mundo real, cuando alguien te ayuda le das las gracias y punto.

—Ya te las he dado.

—Es verdad, lo has hecho. De nada —se giró para marcharse, pero él la detuvo con una mano en el brazo.

—No hemos acabado.

Y entonces la besó.

# Capítulo Cinco

Lacy tendría que haberlo empujado para apartarlo. Pero ¿cómo hacerlo? Dos años de abstinencia eran mucho tiempo, y el deseo por verse de nuevo entre sus brazos, por sentir su boca en la suya y su aliento en la mejilla era tan arrebatador que no había manera de resistirse.

El tiempo pareció detenerse y todo a su alrededor se desvaneció. Los movimientos de su lengua prendían chispas por todo su cuerpo, como pequeñas llamas que se extinguían rápidamente para luego volver a brotar.

Se inclinó hacia él. El ruido de la fiesta no era más que un débil murmullo en sus oídos. Imposible oír nada cuando los furiosos latidos de su corazón ensordecían cualquier sonido externo.

Sintió el tacto frío y resbaladizo de su chaqueta de cuero al agarrarlo por los hombros. Entrelazó los dedos en sus cabellos y lo mantuvo pegado a su boca mientras se abandonaba a las sensaciones que le abrasaban por dentro.

Él la llevó hacia atrás hasta que volvió a tenerla contra la pared. Los troncos congelados le provocaron un escalofrío en la espalda, pero el calor que Sam le generaba era mucho mayor.

Era una locura. A menos de cien metros se celebraba una fiesta con cientos de personas. Estaban al aire libre, donde cualquiera podría verlos. Y sin embargo, Lacy solo podía pensar en una cosa: más.

Las manos de Sam se deslizaron bajo el jersey y le acariciaron el vientre. Lacy se apretó contra él, pero no le bastaba para saciar el deseo voraz que la invadía.

Sam despegó la boca de la suya y los dos se miraron, respirando con agitación y expulsando nubes de vapor entre ellos. A pesar de la poca luz los verdes ojos de Sam brillaban intensamente.

Un segundo después los chillidos y risas de una chica rompieron el hechizo. Sam se apartó con una maldición justo cuando una joven pareja giraba la esquina. Los dos se detuvieron al verlos.

—Oh, lo siento. Estábamos… eh…

Evidentemente estaban buscando la misma intimidad que Sam y Lacy acababan de disfrutar.

—No pasa nada —dijo Sam, metiéndose las manos en los bolsillos—. Que lo paséis bien.

—Eso seguro —respondió el chico. Le sonrió a su novia y se esfumaron tan rápidamente como habían aparecido.

—Qué inoportunos —se lamentó Sam.

—Al contrario, no podrían haber sido más oportunos —replicó ella, aunque su cuerpo no estaba de acuerdo. Un minuto más besando a Sam y se habría olvidado de todo.

Deseaba a Sam tanto como antes. Quería que la tocara, que la besara, que la colmara de placer.

–Lacy…

–No –levantó una mano y negó con la cabeza. Hablar con él era casi tan peligroso como besarlo. La voz de Sam era como una música hipnotizadora que se apoderaba de su corazón y su alma sin que ella pudiera evitarlo–. No… no digas nada.

–Te deseo.

–Maldita sea –echó a andar a grandes zancadas hacia la fiesta–, te he dicho que no dijeras nada.

–No decirlo no cambiará nada –él la siguió y la alcanzó en pocos pasos.

–Solo ha sido un beso, Sam –había sido mucho más, pero no lo admitiría por nada del mundo–. Una forma de liberar la tensión acumulada, nada más.

Si eso fuera cierto tendría que sentirse mucho mejor, y sin embargo estaba más tensa que nunca.

–Piensa cómo habríamos acabado si esos chicos no hubieran aparecido.

–Será el destino –dijo ella–. Alguien no quiere que sigamos por ahí.

–O quizá alguien me esté castigando –se quejó él con una mueca.

–La solución es fácil: no volver a hacerlo.

–No veo que tenga nada de fácil… Se trata de nuestro pasado, Lacy –le recordó él con voz profunda y sensual.

–Tú lo has dicho, nuestro pasado –recalcó la palabra–. Entre nosotros ya no hay nada, así que no deberías haberme besado.

–No he sido solo yo –señaló él mientras la brisa

agitaba sus oscuros cabellos–. Y no seré solo yo la próxima vez.

El grupo terminó una canción y durante unos instantes todo quedó en silencio.

–No habrá una próxima vez.

–Eso dijiste la última vez, y aquí estamos.

Cierto, lo había dicho y con una convicción absoluta. No quería dejarse arrastrar por las emociones y acabar otra vez con el corazón destrozado. Pero por desgracia su cuerpo no pensaba lo mismo.

–¿Por qué lo haces, Sam? Al marcharte me dejaste muy claro que yo no te importaba. ¿Por qué fingir que hay algo más que un simple deseo insatisfecho?

Él la miró, pero no dijo nada. ¿Qué podía decir?

Lacy dejó la pregunta en el aire y volvió rápidamente a la fiesta para perderse entre la gente.


A media noche la fiesta había acabado y todo el mundo se había marchado. El silencio volvía a reinar en el hotel y la montaña. El personal de Snow Vista se había hecho cargo de la limpieza y solo quedaba desmantelar los puestos a la mañana siguiente.

Todo estaba oscuro salvo las luces que salían del hotel y las cabañas. El cielo estaba plagado de estrellas y se respiraba un aire tranquilo y sereno.

Todo lo contrario que Sam, que se sentía como

un tigre enjaulado, incapaz de relajarse y de sacarse a Lacy de la cabeza. Los recuerdos lo acosaban sin piedad: sus besos, sus caricias, su risa bajo una tormenta de nieve, el brillo de sus cabellos, el calor de su piel… todo lo que llevaba atosigándolo durante dos años.

Se apoyó en el marco de la puerta de la cabaña y miró en dirección a casa de Lacy. La que una vez había sido la casa de los dos. Salía luz por las ventanas y una columna de humo se elevaba de la chimenea.

El estómago se le contrajo dolorosamente. Aquella era la parte más difícil de estar en casa. Enfrentarse a su familia había sido duro, pero estar tan cerca de Lacy y no estar con ella era una tortura. Abandonarla lo había desgarrado por dentro, pero volver a casa era aún peor. Los besos habían avivado las llamas que lo consumían, y sin embargo se moría por volver a besarla.

–No –masculló–. Quieres mucho más que un beso…

Lacy podía negarlo todo lo que quisiera, pero Sam sabía que también ella sentía lo mismo. Los besos lo demostraban.

Y él no podía aguantarlo más. Todo empezaba y terminaba con Lacy. No sabía por cuánto tiempo se quedaría en Snow Vista, pero mientras estuviera allí iba a dejar las cosas claras con ella. Hubiera lo que hubiera entre ambos, era hora de afrontarlo y aceptarlo.

No le llevó mucho tiempo cubrir la distancia

que lo separaba de su cabaña, pero sí el suficiente para preguntarse por qué demonios estaba haciendo aquello. Lo único cierto era que tenía que volver a verla y salvar el muro que ella había erigido entre ambos.

Al llegar al porche miró por las ventanas y vio la chimenea encendida y un par de lámparas proyectando su resplandor dorado en el suelo de madera. Y Lacy, acurrucada en un sillón, contemplando las llamas con las luces y sombras bailando en su rostro.

El corazón le dio un vuelco y el cuerpo se le puso duro como una piedra. La pasión siempre había prendido entre ellos con una facilidad pasmosa. Llamó a la puerta y vio cómo fruncía el ceño al levantarse.

Abrió la puerta y se quedó rígida como un palo.

–Vete.

–No.

Ella soltó una exhalación.

–¿Qué quieres?

–Hablar.

–No, gracias –intentó cerrar la puerta, pero él se lo impidió con una mano y entró en la cabaña, ignorando su mirada asesina.

–Deberías cerrar la puerta antes de que te congeles.

Ella pareció que iba a contradecirlo, a pesar de que solo llevaba un camisón de franela que le llegaba al muslo, dejando al descubierto sus largas y esbeltas piernas. Estaba descalza y Sam se fijó en sus uñas pintadas de rojo. Se había soltado la trenza y el pelo le caía ondulado por los hombros, pidiendo a gritos que entrelazara las manos entre los cabellos. Pero la mirada entornada de sus ojos azules no era precisamente de bienvenida.

El viento la convenció finalmente para que cerrara la puerta, quedando los dos encerrados en el interior de la cabaña. Ella permaneció junto a la puerta, con la espalda apoyada en la hoja y los brazos cruzados al pecho.

—No tienes derecho a venir aquí. No te he invitado.

—Antes no necesitaba ninguna invitación.

Ella abrió la boca, pero no dijo nada.

—¿Qué quieres?

—Ya sabes la respuesta —se quitó el abrigo y lo dejó en el respaldo de una silla.

—No te pongas cómodo. No vas a quedarte mucho tiempo.

Él arqueó una ceja.

—No quieres que me vaya, Lacy, y los dos lo sabemos.

Ella frunció el ceño.

—A veces queremos cosas que no nos convienen.

—¿Has estado leyendo los libros de autoayuda de Kristi?

Los labios de Lacy se curvaron en un atisbo fugaz de sonrisa.

—Ya te marchaste una vez. ¿Por qué has vuelto?

—Porque no puedo dejar de pensar en ti.

–Tendrás que poner más empeño.

Él se rio y sacudió la cabeza.

–No serviría de nada. Llevo dos años intentándolo.

Los recuerdos e imágenes de Lacy estaban tan arraigados en su memoria que se había convencido de que la realidad no podía ser tan maravillosa como la recordaba. Y quizá por eso estaba allí, para demostrarse a sí mismo, de un modo u otro, lo que ardía entre ellos.

–Sam… –suspiró y meneó la cabeza, como si quisiera negar lo que ambos sentían.

–Maldita sea, Lacy. Te deseo. Nunca he dejado de desearte –se aproximó lo bastante para tocarla y se detuvo. Respiró hondo y se dejó embriagar por su exquisita y dulce fragancia.

Los dos se quedaron en silencio. Lo único que se oía era el crepitar de las llamas en la chimenea. Sam esperó lo que le pareció una eternidad, hasta que ella levantó finalmente la mirada hacia él.

–Yo también –confesó.

En menos de un segundo Sam la tenía en sus brazos, como si nunca se hubieran separado. Agarró con los puños el camisón de franela y la apretó contra él hasta sentir los latidos de su corazón acompasados con el suyo. Entonces agachó la cabeza y tomó posesión de su boca en un beso liberador y a la vez claudicante.

Perdido en la pasión cegadora que escapaba a su control, agarró el bajo del camisón y se lo quitó de un tirón por encima de la cabeza. La rubia melena de Lacy se derramó sobre sus hombros desnudos y sobre las manos de Sam como un manto de seda. La primera imagen que tenía de ella después de dos años lo golpeó con fuerza. Era aún más hermosa de lo que recordaba. Arrojó el camisón a una silla y le cubrió los pechos con las manos.

Ella echó la cabeza hacia atrás con un gemido de placer. Sam le acarició los pezones con los dedos y notó que se ponían duros y cómo las sensaciones se apoderaban de Lacy. Reprimió un gemido y la recorrió con la mirada antes de agarrarla por la cintura y levantarla, de modo que sus pechos quedaran a la altura de su boca. Primero le devoró uno y luego otro, lamiendo y succionando ávidamente, envuelto por el calor y el irresistible olor de Lacy.

Ella se aferró a sus hombros y le rodeó la cintura con las piernas. Tenerla así, en sus brazos, era sencillamente… sublime.

Le agarró las nalgas desnudas y la sostuvo derecha mientras ella lo miraba a los ojos, mostrándole sin tapujos la misma pasión y deseo que ardía en el interior de Sam.

–¿Qué estamos haciendo? –le preguntó con un hilo de voz jadeante.

–Lo que tenemos que hacer –respondió él, y agachó la cabeza para morderle el cuello. La reacción corporal de Lacy fue como un terremoto que lo sacudió de arriba abajo. Ninguna de sus fantasías se había acercado ni de lejos a lo que era sentirla en carne y hueso.

–¿Entonces a qué estamos esperando? –preguntó ella, entrelazando las manos en su pelo.

–A nada –murmuró él, y le apretó el trasero hasta que ella se retorció sensualmente contra su ingle.

El control de Sam pendía de un hilo. Su mente intentaba postergar lo inevitable, pero su cuerpo había dejado de obedecerlo.

Habían pasado dos largos años desde la última vez, y al tenerla delante de él, desnuda, dispuesta y expectante, no pudo esperar ni un segundo más.

Y lo mismo parecía sentir ella. Se apartó el pelo de la cara y lo besó con una pasión desmedida, antes de bajar las manos y desabrocharle frenéticamente la bragueta. Le liberó el miembro y lo acarició lentamente desde la base hasta el extremo. Sam apretó los dientes y luchó desesperadamente por controlarse, pero fue inútil. El deseo era como un animal salvaje mostrando los colmillos. O lo liberaba o acabaría siendo devorado.

Cambió de postura y empezó a acariciarle el sexo. Ella gimió y tembló, pero se agarró a él con más fuerza y sus caricias se hicieron más decididas y apremiantes. Igual que las de Sam. Los jadeos y estremecimientos de Lacy lo acuciaban a aumentar el ritmo y la intensidad.

–Sam… –se retorció y le clavó los talones en el trasero–, como no me tomes ahora mismo me voy a morir.

–Prohibido morirse –le advirtió él, antes de volver a entrelazar sus lenguas.

Ella soltó un gemido ahogado y él se obligó a detenerse. El cuerpo de Lacy estaba tenso y ardiente. Transcurrieron unos pocos segundos y entonces los dos se movieron a la vez. Ella lo aceptó en su interior y los dos gimieron cuando él se retiró para volver a penetrarla.

Muy pronto adquirieron un ritmo frenético y enardecido que no dejaba espacio para la suavidad ni la dulzura. Todo era pasión salvaje y lujuria desbordada en la unión de dos cuerpos separados demasiado tiempo.

Sam sintió el frío de la pared en las palmas al clavar en ella a Lacy. Sintió sus dedos hundiéndose en los hombros y oyó sus jadeos apremiándolo a que la penetrara más rápido y más profundo. Introdujo la mano entre los cuerpos y le tocó el clítoris con el pulgar, arrancándole un grito de placer y provocándole una violenta convulsión. Sintió como el cuerpo de Lacy se endurecía, y aquellas convulsiones internas fueron su perdición. La primera explosión lo sacudió con una violencia demoledora, y se vació dentro de ella con un fuerte gemido.

Lacy lo miró, jadeante.

—Debería decirte que te marcharas.

—Probablemente —corroboró él, sintiendo como volvía a endurecerse dentro de ella.

También ella lo sintió, porque ahogó un gemido de placer.

—Pero no voy a decírtelo.

—Me alegro —la separó de la pared y echó a andar hacia el pasillo sin despegar los cuerpos.

Sam agradeció que la cabaña fuera tan pequeña. En pocos segundos tenía a Lacy en la cama que habían compartido estando casados. Se separó de ella solo lo indispensable para desnudarse y volvió a introducirse en su cuerpo con un gemido de salvaje satisfacción. Ella lo miró y los dos comenzaron a moverse al mismo ritmo, bailando al son del placer. Levantó las piernas y lo rodeó por el trasero para tirar de él hasta el fondo. Sam le besó los pezones, duros como piedras, y los lamió y mordió mientras se hundía en su húmedo y cálido interior. No había dudas ni recelos en la fusión de sus cuerpos. Solo existía aquel momento. Desde que Sam volvió a casa se habían encaminado hacia aquella noche. Lacy le recorrió la espalda con las manos, arañándolo con sus cortas uñas, y Sam se sintió envuelto por su embriagadora esencia. Rodeado por ella, dentro de ella, los empujó a ambos hasta el límite. Y cuando ella gritó su nombre se abrazaron con fuerza y se lanzaron juntos al orgasmo.

# Capítulo Seis

Lacy miró el techo de la habitación y por unos segundos se deleitó con las sensaciones que la embargaban. Desde hacía mucho tiempo no sentía algo parecido. Durante los dos últimos años se había obligado a olvidar lo bien que había estado con Sam. No le había quedado más remedio. Para sobrevivir a su ausencia tenía que sacarlo de su cabeza y construirse una nueva vida sin él.

Pero él había regresado. De nuevo compartían el mismo lecho… ¿Cómo podía ser tan idiota? Las sensaciones de plenitud y satisfacción se escurrieron como el agua por un desagüe.

—Tenemos que hablar —dijo él.

—No quiero hablar de esto —solo quería olvidar. Y cuanto antes.

Él se apoyó en el codo y la miró fijamente, y Lacy tuvo que endurecerse ante aquellos ojos verdes y brillantes. Si no se andaba con cuidado su ingenuo corazón se lanzaría alegremente al peligro.

¿Por qué demonios había tenido que regresar?

¿Por qué demonios se había marchado?

—Supongo que sigues tomando la píldora, ¿no? —dijo él.

Ella parpadeó un par de veces. No era lo que se

esperaba oír, y una ola de pánico empezó a propagarse por su interior. Su estupidez alcanzaba proporciones épicas. Sam Wyatt llamaba a su puerta y ella tiraba el sentido común por la ventana, sin pensar en la protección ni en las consecuencias…

–Viendo lo pálida que te has puesto asumo que la respuesta es no.

–¿Te parece el mejor momento para preguntarlo? –murmuró ella. Quería echarle la culpa de lo ocurrido.

–No hemos hablado mucho hasta ahora.

–Cierto –suspiró y volvió a mirar al techo. Era más fácil que mirarlo a los ojos mientras se preguntaba si su exmarido la había dejado embarazada.

Nunca había tenido sexo sin protección. Ni siquiera con diecisiete años, cuando le entregó a Sam su virginidad en la cima de la montaña bajo la luna de verano. Siempre había sido extremadamente precavida y responsable.

Se cubrió los ojos con las manos y deseó que se la tragara la tierra.

Él le retiró la mano.

–Es importante que hablemos.

–No –lo último que quería era hablar con él sobre la posibilidad de un embarazo no deseado.

¿Acaso no había sufrido ya bastante?

–Eso no cambiará el hecho de que hemos tenido sexo sin protección. Dos veces.

–Lo sé.

–Maldita sea, Lacy…

–Oye –lo cortó ella, intentando zanjar el tema y

77

no darle más vueltas a la inquietante posibilidad–. No son días fértiles, así que no te preocupes, ¿de acuerdo? Las probabilidades son casi nulas –ojalá estuviera en lo cierto.

La expresión de Sam le dijo que no estaba conforme.

–Quiero saberlo en cuanto lo sepas.

–Y yo quiero una cámara nueva con zoom de largo alcance…

–Maldita sea, Lacy –repitió él–. No puedes dejarme fuera. Estoy aquí. Formo parte de esto.

–Por ahora –una parte de ella no podía creerse que estuviera en la cama con Sam, los dos desnudos y hablando de un posible embarazo.

En cuanto Sam se marchara de la cabaña usaría toda su fuerza de voluntad para olvidar lo ocurrido.

Él pareció aceptar su silencio… hasta que volvió a hablar.

–Esta noche he venido para hablar contigo.

–Sí, ya lo veo.

–Está bien, puede que no pensara solo en hablar –posó una mano en su cadera y la deslizó hasta el pecho, provocándole un intenso hormigueo.

No era justo, pensó mientras intentaba contener una ola de calor. Sabía que era un error permitirle que la tocase, y sin embargo no era capaz de impedírselo. Pero ¿dónde acabaría si continuaba cediendo? Sumida en lo más profundo del agujero en el que ya había empezado a caer.

Antes de ceder a la tentación, se apartó de él y

se levantó de la cama. Sam la miró en silencio mientras ella se ponía la bata y se ataba el cinturón.

—Creo que deberías marcharte.

—He venido para hablar, por si lo has olvidado, y todavía no lo hemos hecho.

—Ni vamos a hacerlo. No quiero hablar contigo y ya no vives aquí, de modo que tienes que irte.

—Me iré en cuanto hayamos hablado —se acomodó en la cama, impúdicamente desnudo, sin prisas por levantarse—. Tengo algunas cosas que decirte.

—¿Ahora tienes cosas que decirme? —se echó a reír—. Hace dos años te marchaste sin dar ninguna explicación. Volviste a casa del funeral, metiste tu ropa en la bolsa y te largaste sin más.

—Tenía que marcharme.

—Sí, eso mismo dijiste entonces. Tenías que abandonar a tu mujer y a tu familia. Me imagino cuánto debiste de sufrir... Pobrecito, vagando por Europa tú solo, sin el incordio de tu mujer, de tus padres, de tu hermana. Codeándote con la nobleza y los famosos...

—No me marché por eso —espetó Sam, y a Lacy le complació ver que también él comenzaba a enfadarse.

—Ah, ¿solo fue un beneficio adicional?

—No podía explicarte por qué tenía que marcharme...

—¿No podías? ¿O no querías?

—No podía ni respirar, Lacy —insistió él, incorporándose en la cama—. Necesitaba espacio.

Lacy se echó hacia atrás como si la hubiera abofeteado.

–¿De verdad lo ves así? ¿Te sentías agobiado porque tu familia te necesitaba? Pobrecito… En eso consiste la vida, Sam. En afrontar las desgracias y seguir adelante.

–No podía afrontarlo.

–Claro que no. Te resultó más sencillo huir y dejar que los demás nos las aviáramos solos.

–Yo no huí.

–No fue eso lo que pareció.

Él asintió, tal vez porque estaba de acuerdo o solo porque intentaba controlarse.

–No me hablaste así hace dos años.

–¿Cómo iba a hacerlo? ¡No me diste la oportunidad! Te largaste sin apenas dirigirme la palabra. No puedes esperar que ahora me muestre comunicativa solo porque tú quieras hablar.

Él frunció el ceño.

–¿Qué le ha pasado a la Lacy tímida y callada que nunca perdía los nervios?

–Que su marido la abandonó y tuvo que adaptarse para sobrevivir.

–Pues fuera lo que fuera, me gusta.

–¡Ja! –el cumplido la desconcertó–. Me da igual que te guste o no.

–Crees que quería irme.

–Sé que querías irte –aún podía sentir la impaciencia de Sam por salir de la cabaña y de su vida.

–Por el amor de Dios, Lacy… ¡Jack había muerto!

–Fue una pérdida para todos nosotros, Sam. No eras el único que sufría.

Él se levantó de la cama.

–Era mi hermano. Mi hermano gemelo. Perderlo fue como perder una parte de mí.

–¿Creías que no lo sabía? –preguntó ella, desgarrada entre la compasión y la indignación–. ¿Creías que ninguno de nosotros era consciente de lo que te afectaba la muerte de Jack? Todos queríamos ayudarte, Sam. Pero tú no querías vernos.

–No podía… –agarró sus vaqueros y se los puso antes de volver a encararla–. Me estaba volviendo loco. No podía quedarme aquí. No podía estar cerca de ti…

–Ah –tuvo que hacer un esfuerzo sobrehumano para no arrojarle a la cabeza lo primero que pillara–. Y entonces te marchaste para salvarme… Qué gesto tan noble.

–No me estás escuchando.

–No es agradable que te ignoren, ¿verdad? –se recogió el pelo con dedos temblorosos y se hizo rápidamente una trenza–. ¿Por qué tendría que escucharte?

–Porque he vuelto.

–¿Por cuánto tiempo?

Él volvió a fruncir el ceño y sacudió la cabeza.

–Todavía no lo sé.

–Así que solo estás aquí de paso –era increíble lo mucho que podía doler aquella certeza, y sabía que el dolor sería mucho mayor si se permitía intimar más con él. De manera que se protegió con una actitud desinteresada y se apretó el nudo de la bata–. Pues que tengas buen viaje a… donde sea.

El dolor era tan intenso como dos años antes. En aquella ocasión lo había sufrido en soledad, concentrándose en su trabajo y en su afición por la fotografía. Por nada del mundo volvería a sumirse en un pozo de desesperación.

–No me siento orgulloso de lo que hice hace dos años –insistió él–. Pero tenía que marcharme, lo creas o no.

–Está claro que tú si lo crees –replicó ella.

–Y lo…

–¡No te atrevas a decir que lo sientes!

–No lo diré. Hice lo que tenía que hacer –sus ojos brillaban con una emoción que Lacy no supo descifrar–. No tiene sentido lamentarse ahora.

Lacy se quedó boquiabierta.

–Esta sí es que buena… ¿No lo sientes?

Él volvió a pasarse las manos por el pelo, como si prefiriera estar en cualquier otro lugar salvo allí.

–¿De qué serviría?

–Eso no es una respuesta.

–Es lo único que puedo decir.

Lacy se quedó helada. Durante dos años había imaginado cómo sería el regreso de Sam… en caso de que alguna vez se dignara a volver. Y siempre se imaginaba que volvía arrepentido y avergonzado.

Nada más lejos de la realidad. Sam hacía lo que quería y cuando quería, sin dar explicaciones.

–Me imagino lo que estás pensando –dijo él–. ¿Por qué no lo dices en voz alta?

–No has cambiado nada, ¿verdad? Siempre intentando decirme cuándo tengo que hablar.

–Los dos sabemos que tienes algo que decir, así que suéltalo de una vez.

–¿De verdad quieres saberlo? –apretó los puños a los costados–. Muy bien… Nos abandonaste a todos, Sam. A mí y a una familia que te quería y te necesitaba. Te fuiste sin despedirte siquiera y lo siguiente fue recibir los papeles del divorcio.

Él soltó el aire lentamente.

–Ni siquiera me avisaste con una maldita llamada –la furia le quemaba el pecho–. Destrozaste a tu familia sin que te importara lo más mínimo.

–Claro que me importaba –arguyó él.

–Si te hubiera importado no te habrías ido. Ahora has vuelto ¿y qué eres? ¿Un héroe? ¿El hijo pródigo por fin vuelve a casa? Discúlpame si no te hemos recibido con un desfile.

–No esperaba que…

–Dos años sin tener noticias tuyas, solo un par de postales para que tus padres supieran que estabas vivo. ¿Pero en qué demonios estabas pensando? ¿Cómo pudiste ser tan cruel con la gente que más te necesitaba?

Él se frotó la cara con las manos, como si intentara borrar el impacto de sus palabras. Pero Lacy no había acabado.

–Me rompiste el corazón, Sam –se golpeó el pecho con una mano–. Confié en ti. Creí en ti cuando dijiste que sería para siempre… Y luego me abandonaste.

Igual que había hecho su madre. Los recuerdos la invadieron de golpe y a duras penas consiguió mantenerse en pie. Cuando tenía diez años su madre se marchó de casa y nunca más volvió a dar señales de vida. Ni una llamada. Ni una carta. Nada. Como si se la hubiera tragado la tierra.

Lacy se había pasado el resto de su infancia esperando que su madre regresara. Pero nunca regresó, y su padre también comenzó a distanciarse de manera lenta e inexorable. Viéndolo en perspectiva Lacy podía entenderlo. Su padre no quería consumirse, pero no podía seguir siendo el que era después de que su mujer lo hubiera abandonado. La familia había quedado destrozada sin remedio.

Y cuando Sam la convenció de que confiara en él para construir una vida en común y luego se marchó, Lacy se había quedado nuevamente destrozada. No podía permitir que sucediera por tercera vez. Se había hecho fuerte y no había vuelta atrás.

–Se acabó –concluyó–. Tenemos que trabajar juntos mientras estés aquí, pero eso será todo.

–Maldita sea, Lacy... –su rostro se ensombreció, pero sus ojos brillaron más verdes que nunca–. Está bien. Lo dejaremos así. Por ahora.

Lacy agradeció que dejaran el tema. Porque si Sam intentaba disculparse por haberle roto el corazón sería capaz de golpearlo con todas sus fuerzas. Era mejor así. Ella había dicho lo que tenía que decir y había que dejar sanar las heridas.

–¿Y lo que ha pasado, qué? –preguntó él–. ¿Y si estás embarazada?

La posibilidad le provocó un escalofrío que bien podía ser de pavor… o de anhelo.

–No lo estoy.

–Si lo estás no hemos acabado –le advirtió él.

Lacy volvió a enfurecerse.

–Hace mucho que terminamos, Sam. Lo que fuera que tuvimos murió hace dos años.

Su susurro resonó en la habitación y Lacy rezó por que Sam no detectara la mentira. Porque, pasara lo que pasara, ella sabía muy bien que lo que había entre ellos jamás moriría.

Dos días después seguía pensando en la noche que había pasado con Lacy.

Estando al aire libre, mirando el cielo azul y sintiendo el viento en la cara, su mente divagaba libremente. Y sus pensamientos volvían una y otra vez a Lacy. Llevaba su imagen grabada en la memoria y sus palabras resonaban en su cabeza. La nueva Lacy, llena de fuego y furor, lo intrigaba y atraía de manera irresistible.

Se había mantenido alejado de la oficina durante los dos últimos días, dándose tiempo y espacio para ordenar sus ideas. Pero la única conclusión a la que había llegado era… que seguía deseando a Lacy.

Dos años antes había renunciado a ella. Pero de nuevo volvía a tenerla a su alcance y no estaba dispuesto a seguir privándose de lo que más deseaba. Ella podía pensar que ya no había nada entre ellos, pero Sam estaba convencido de que podría renacer.

Miró la ventana del despacho y pensó en ir a… ¿A qué? ¿A hablar? No, no quería darle más vueltas al mismo asunto. Lo que realmente quería no podía hacerlo en la oficina, donde cualquiera podría sorprenderlos. De modo que apartó sus fantasías y se concentró en el trabajo.

Entró en el hotel y se dirigió directamente hacia el ascensor sin prestar atención a los huéspedes que conversaban frente a la chimenea del vestíbulo. Tenía prisa por exponerle algunas ideas nuevas a su padre.

Encontró al viejo en su sillón favorito del salón. Salvo por el murmullo de la televisión la casa estaba en silencio, y Sam agradeció la tranquilidad. No estaba de humor para soportar la hostilidad de Kristi ni el velado reproche de su madre.

–Hola, Sam –lo saludó su padre, y miró en torno para asegurarse de que estaban solos–. ¿Nos tomamos una cerveza?

Sam sonrió. Su padre parecía desesperado por tomarse un trago.

–¿Mamá está de acuerdo?

–Claro que no, pero podríamos aprovechar que ha ido a comprar al pueblo.

–Está bien, pero si aparece de repente no cuentes conmigo para cubrirte.

–Cobarde.

Sam sonrió.

–Desde luego.

Fueron a la cocina y sacaron dos cervezas del frigorífico. Sentados a la mesa redonda de roble, Bob tomó un largo trago de la suya y suspiró de placer.

–Bueno, ¿quieres decirme por qué te has pasado por aquí en mitad del día?

–Como ya sabes, tenemos muchos planes en marcha para la estación.

–Sí, y he de decir que tus ideas me han gustado bastante hasta el momento, aunque me preocupa el dinero que estés gastando en este sitio.

–No te preocupes por eso –Sam tenía dinero de sobra para el resto de su vida, y si no podía disfrutar gastándolo ¿qué sentido tenía ahorrarlo?

–Bueno, yo seguiré preocupándome y tú seguirás gastando…

Sam volvió a sonreír. Cuánto había echado de menos sentarse en la cocina a tomar una cerveza con su padre.

–Si mis ideas te han gustado hasta ahora, esta te va a encantar –agarró la botella entre las manos y se tomó unos segundos para ordenar sus pensamientos.

En torno a aquella misma mesa él, Jack y Kristi se sentaban para hacer los deberes antes de cenar todos en familia. Aquella cocina había presenciado discusiones, risas y lágrimas. Era el lugar al que todos acudían en busca de consejo, consuelo y afecto.

–¿Sam?

–Lo siento –agitó la cabeza y sonrió–. Este lugar me trae muchos recuerdos.

–Y a mí –le aseguró su padre–. Pero son más los buenos que los malos.

–Es verdad –incluso cuando Jack luchaba contra el cáncer la familia no dejaba de apoyarse. Casi podía oír la risa de su hermano.

–No eres el único que lo echa de menos –dijo su padre en tono bajo y suave.

–A veces me sorprendo esperando que aparezca, riendo y diciéndome que todo fue un error.

–Estar aquí hace que todo sea más fácil y al mismo tiempo más difícil. Porque por mucho que pueda engañarme a mí mismo, cuando veo su silla vacía en la mesa tengo que aceptar que se ha ido para siempre.

Sam desvió la mirada hacia la silla.

–Pero los buenos recuerdos son más fuertes que el dolor –añadió su padre–, y eso puede ser un gran consuelo si tú lo permites.

–¿Crees que no quiero encontrar consuelo?

–Creo que cuando Jack murió decidiste que no merecías ser feliz.

Sam se quedó aturdido y en silencio.

–Estás soportando un peso muy grande tú solo, Sam –continuó su padre–. Siempre lo has hecho.

Sam bebió de su cerveza y admitió para sí mismo que su padre tenía razón. Toda la razón. Tal vez lo que lo había empujado a marcharse no solo había sido la pérdida de Jack, sino el profundo convencimiento de que tras la muerte de su hermano él no se merecía ser feliz.

Pero ya se ocuparía de analizarlo en otro momento.

—Volviendo a la idea de la que quería hablarte…

Su padre aceptó el cambio de tema y asintió.

—¿Qué tienes pensado?

—Quiero hacer una pista para principiantes en la ladera posterior de la montaña. Es una pendiente suave, con pocos árboles y lo bastante ancha para tener dos pistas operativas.

El titubeo de su padre lo escamó.

—Sí, pero hay un problema.

—¿Qué problema?

—Ese terreno ya no nos pertenece…

Todas las alarmas saltaron en la cabeza de Sam.

—¿De qué estás hablando?

—Sabes que la familia de Lacy ha vivido en esa ladera desde hace años…

—Sí, lo sé —tenía el presentimiento de que no iba a gustarle nada lo que estaba a punto de oír.

—Lacy se quedó muy mal después de que te fueras, así que tu madre y yo le donamos la propiedad del terreno. Es lo menos que podíamos hacer para aliviar su dolor.

Sam ahogó el gemido que brotaba en su pecho.

—Por lo que si quieres hacer esa pista para principiantes tendrás que discutirlo con Lacy.

A Sam se le cayó el alma a los pies.

—No me lo ha dicho.

–¿Por qué tendría que decírtelo?

–Por nada –meneó la cabeza y tomó un trago de cerveza. Quería aquel terreno, pero ¿cómo iba a conseguir que Lacy se lo vendiera estando las cosas como estaban?–. Quería preguntarte otra cosa... ¿Sabes esa foto del hotel en primavera que está colgada sobre la chimenea?

–Sí, ¿qué pasa con ella?

–Me gustaría incluirla en la nueva página web que he encargado, y para eso tengo que hablar con el fotógrafo. Quiero mostrar el complejo en todas las épocas del año. La foto de la que hablo es ideal, con los tulipanes de mamá bajo el cielo azul...

–La hizo Lacy.

Sam se quedó momentáneamente sorprendido y se echó a reír.

–Pues claro. Igual que la foto del hotel en invierno con el árbol de Navidad, ¿verdad?

Su padre asintió con una media sonrisa y tomó un sorbo de cerveza.

–Así es. El año pasado ganó merecida fama con sus fotos. Muchos de nuestros huéspedes las compraban al verlas en las paredes... Lacy hace copias para satisfacer la gran demanda, y también está ganando mucho dinero vendiéndolas a una galería de Ogden.

–No me ha dicho nada.

Hubo un tiempo en el que no había secretos entre ellos. Pero por su culpa había una gran parte de Lacy de la que nada sabía.

Su padre asintió.

–De nuevo pregunto... ¿por qué tendría que haberlo hecho?

Sam soltó un resoplido de frustración y se recostó en la silla de la cocina. La expresión de su padre le decía que estaba disfrutando mucho con aquella conversación.

–Ella no me debe nada, pero... ¿Es que no significa nada todo lo que compartimos? Me marché, de acuerdo, pero he vuelto. ¿Eso no cuenta?

–Para mí sí. Pero Lacy quizá sea más difícil de convencer.

–Desde luego.

–Y Kristi.

–Lo sé. Y mamá también.

Bob puso una mueca.

–Tu madre está muy feliz de que hayas vuelto.

–Sí. Pero también está inquieta, esperando a que vuelva a marcharme.

–¿Y lo vas a hacer?

–Todavía no lo sé. Ojalá lo supiera... Pero te prometí que me quedaría al menos hasta que las reformas estuvieran acabadas. Y si sigo añadiendo cosas no creo que acabe nunca...

–Es verdad –afirmó su padre–. Deberías preguntarte por qué sigues haciendo proyectos que te harán alargar inevitablemente tu estancia.

Sam no lo había pensado de aquella manera, pero quizá de un modo inconsciente estaba trabajando para quedarse allí permanentemente. Cuanto más se implicaba en sus proyectos más extraña le parecía la idea de volver a marcharse.

# Capítulo Siete

–¿Quieres usar mis fotos?

Sam sonrió al ver la sorpresa de Lacy. Le gustaba su expresión atónita, con los ojos como platos y la boca abierta.

–Eso es. Y no solo para la página web. También me gustaría usarlas en los folletos de publicidad.

–¿Por qué…?

–No finjas modestia negando la excelente fotógrafa que eres.

–No sé cómo responder a eso sin parecer engreída.

–Pues no digas nada y piensa en esto: quiero hacer postales con tus fotos para venderlas en la recepción del hotel.

–Postales…

–¿Por qué no? A mucha gente le gusta el correo de verdad –volvió a enderezarse–. Podemos hacer que un abogado redacte las condiciones para que todo sea legal, pero estaba pensando en un setenta por ciento de los beneficios para ti. En cuanto a la publicidad, tus fotos estarán protegidas por los derechos de autor y así cobrarás un porcentaje cada vez que las usemos.

El desconcierto de Lacy parecía ir en aumento.

–Derechos de autor…

Sam le sujetó la barbilla y le dio un beso en los labios.

–¿Qué tal si lo piensas? –le sugirió al apartarse rápidamente–. Volveré más tarde, después de haber visto a la arquitecta.

Se marchó de la oficina sintiendo su mirada fija en la espalda. El corazón le latía con violencia y tenía todo el cuerpo en tensión. Estar cerca de ella era una provocación demasiado grande.

Se puso el abrigo y salió del hotel. La nieve empezaba a derretirse bajo un sol implacable y aquí y allá aparecían retazos de hierba verde.

Sonrió y decidió que no dejaría de cortejarla hasta conseguirla.

Lacy arrugó la nariz ante el fuerte olor del café con leche que portaba Kristi mientras las dos paseaban por la histórica calle 25, en el centro de Ogden. A Lacy le encantaba, y una de sus aficiones favoritas era pasear por la calle y mirar los escaparates. Aquel día, sin embargo, estaba acompañando a Kristi de mala gana.

–¿Desde cuándo le dices que no a un café? –le reprochó su amiga.

–Desde que tengo el estómago revuelto –tragó saliva y respiró profundamente con la esperanza de que el aire fresco le aliviara las náuseas.

–Vaya, ¿te ha sentado mal algo que hayas comido?

–Eso espero –murmuró Lacy.

En cualquier caso, a Lacy le sentaba bien alejarse de Snow Vista y pasear por la calle principal de Ogden, donde no había la menor probabilidad de tropezarse con Sam. Apenas le había dirigido la palabra en las dos últimas semanas y él no había abandonado la estación desde su regreso. Tras el tórrido encuentro en su cabaña Lacy había imaginado que Sam volvería para repetirlo... algo que ella deseaba desesperadamente, pero él había mantenido las distancias y Lacy bullía de frustración, cuando debería estar agradecida.

–¿Vas a contarme lo que hay entre tú y Sam?

La pregunta de Kristi le hizo dar un traspié. Lacy siempre le había contado todo a su mejor amiga, desde su primer beso hasta la pérdida de su virginidad. Pero no se sentía cómoda ahora.

–Nada. ¿Por qué lo preguntas?

–Por favor... –Kristi soltó un bufido–. Yo tampoco hablo con él, pero lo tuyo es descarado.

–Qué tontería –Lacy se detuvo frente a una pastelería para mirar con anhelo las magdalenas.

–Mamá me ha dicho que estuviste en casa hace dos días para ver a papá. Y que cuando Sam entró tú saliste corriendo.

Lacy suspiró.

–Adoro a tu madre, pero le encanta exagerar.

–Pues a mí me has dado la misma impresión. Ya sé que para ti debe de ser muy duro volver a ver a Sam, pero creía que lo habías superado. Tú misma me lo dijiste.

–También yo exagero de vez en cuando –confesó Lacy, deteniéndose en la esquina para esperar a que el semáforo se pusiera en verde.

Al final de la calle se encontraba la estación de trcn, un bonito edificio de estilo colonial con un campanario en el centro. Dentro se podían apreciar los murales que había pintado el mismo artista que decoró la isla de Ellis en los años treinta.

Aquel día se celebraba en su interior una feria artesanal, y Lacy y Kristi iban a echar un vistazo a los puestos y comprobar cómo se estaban vendiendo las fotografías de Lacy.

–Sabía que no lo habías superado –dijo Kristi con una sonrisa, muy pagada de sí misma–. Te lo dije. Todavía lo quieres.

–No, no quiero –se defendió Lacy–. Quiero decir… no lo quiero.

–El subconsciente te traiciona –observó Kristi–. Lo estás intentando con todas tus fuerzas, pero es inútil. Todavía lo quieres, pero te niegas a aceptarlo y a perdonarlo. Igual que yo –sacudió la cabeza–. Tony me dice que tengo que pasar página. Aceptar que Sam hizo lo que tenía que hacer, igual que todos nosotros. Los demás nos quedamos y él tuvo que marcharse. Así de simple.

–Cuesta creer que Sam tuviera que marcharse.

–Sí –Kristi suspiró y las dos cruzaron la calle–. Lo que hizo fue más propio de Jack que de él. Jack era incapaz de enfrentarse al dolor y el drama. Si una mujer se ponía a llorar, desaparecía en un abrir y cerrar de ojos.

–Lo recuerdo –corroboró Lacy. Todos se habían burlado de él por su incapacidad para tener una relación mínimamente seria.

–Quiero a mis dos hermanos, pero Sam siempre ha sido el más fiable. Jack era divertidísimo –esbozó una amplia aunque fugaz sonrisa–. Pero nunca sabías si estaría en casa para la cena o si estaría de camino a Austria.

Era cierto. Sam siempre había sido el más responsable. El hombre con quien siempre se podía contar. Por eso a Lacy le costó tanto entender y aceptar su marcha.

–Odio admitirlo, pero creo que Tony tiene razón –estaba diciendo Kristi–. Quiero decir, yo sigo furiosa con Sam, pero se me hace difícil guardarle rencor cuando lo veo con papá, ¿entiendes lo que quiero decir?

–Sí –era parte de su problema, pensó Lacy. Quería alimentar su resentimiento hacia Sam, pero cuando lo veía con su padre, ayudando a un niño a ponerse los esquís o hablando de los proyectos con el contratista se le ablandaba el corazón.

–Papá está muy contento con su regreso –continuó Kristi–. Se está recuperando del ataque mucho más rápido de lo que esperábamos, y creo que se debe a que Sam va a verlo todos los días y los dos están siempre hablando de los proyectos para la estación –tomó otro trago de café ante la envidiosa mirada de Lacy–. Mamá se muestra un poco más fría, como si temiera que fuese a desaparecer otra vez, pero también ella está muy feliz por tenerlo en casa. Lo veo en sus ojos –se quedó pensativa un momento–. Quizá sería más fácil perdonarlo y alegrarme de tenerlo aquí si supiera que va a quedarse de manera permanente.

Lacy se giró hacia ella, repentinamente interesada. ¿Sam había decidido quedarse? Y si así era, ¿qué supondría para ella… para ellos?

–¿No os ha dicho nada?

–No. Evita hablar del futuro, salvo los planes que está gestando para la estación –arrojó el vaso vacío a una papelera–. Y por eso temo oír de un momento a otro que se ha marchado. La última vez desapareció tan rápido que… –miró a Lacy con una mueca–. Lo siento.

–Tranquila –respondió ella mientras se acercaban a la estación–. Yo tampoco estoy convencida de que vaya a quedarse.

No sabía si esa incertidumbre facilitaba o complicaba las cosas. Si Sam iba a marcharse de nuevo, lo más sensato para ella sería guardar las distancias y proteger su corazón. Pero si su intención era quedarse… ¿Entonces qué? ¿Podría amarlo sin temor a que volviera a abandonarla?

¿Y si se había quedado embarazada? ¿Se lo diría o lo mantendría en secreto?

La cabeza le iba a estallar, de modo que apartó todas las dudas y preocupaciones y entró en la estación con el firme propósito de no pensar en Sam en lo que quedaba de día.

El clamor de cientos de personas hablando, riendo y gritando la impactó nada más entrar. Había madres jóvenes empujando carritos de bebé y con niños de la mano, grupos de abuelas y unos cuantos hombres con cara de preferir estar en cualquier otro sitio.

Lacy y Kristi pagaron la entrada y se unieron a la multitud que desfilaba lentamente por los estrechos pasillos. Había tantos puestos que era imposible verlos todos, por lo que tendrían que dar varias vueltas por la feria.

–¡Me encanta! –exclamó Kristi, agarrando una reluciente ensaladera de madera hecha a mano.

Lacy se abrió camino entre la multitud con un destino claro. La galería de arte de la ciudad tenía un puesto en la feria, y hacia allí se dirigía. Vendía sus fotos a través de la galería y quería saber cuáles eran las más solicitadas. Le gustaba mucho su trabajo como administradora del complejo y como profesora de esquí, pero su gran pasión era la fotografía.

La dueña de la galería estaba ocupada con una clienta, por lo que Lacy se entretuvo examinando las instantáneas expuestas junto a óleos y acuarelas. Las imágenes de la montaña, de amaneceres y atardeceres y de un lago helado le provocaron la misma emoción de siempre. Sacar fotos era lo suyo. Encontrar la manera de plasma una historia en una imagen.

La dueña de la galería, Heather Burke, le vendió a una mujer de aspecto elegante la foto en blanco y negro que Lacy había sacado de un pino cubierto de nieve. A Lacy se le hinchó el pecho de orgullo. La gente valoraba su trabajo. No solo Sam y la gente de la estación, sino también personas que no la conocían de nada pero que apreciaban en sus fotos el arte, la belleza o las emociones.

–Me encantaba esa foto –le dijo a Heather con una sonrisa de satisfacción.

–Y a ella también –le aseguró Heather con un guiño–. Ha pagado trescientos dólares.

–¿Trescientos dólares? –le parecía una cantidad exagerada, aunque Heather siempre le reprochaba que pusiera un precio tan bajo a sus fotos–. ¿En serio?

–En serio –Heather se rio–. Y he vendido la foto del niño patinando sobre hielo por doscientos. Te dije que la gente está dispuesta a pagar por las cosas bonitas, Lacy. Y con la inminente llegada del turismo primaveral y veraniego voy a necesitar más fotos para la galería. Me estoy quedando sin existencias, y no querrás perder la oportunidad de una buena venta, ¿verdad?

–Claro que no. Las tendrás la semana que viene.

–Genial –le dio una palmadita en el brazo–. Creo que tengo otra venta en ciernes. Hablamos luego –se dirigió hacia un viejo que observaba la foto de un esquiador solitario descendiendo por la cima de Snow Vista.

A Lacy le dio un vuelco el corazón, como siempre que veía aquella foto. Era Sam. La había sacado hacía años, justo antes de que empezara la temporada. Tenían las pistas para ellos solos, y en la foto la nieve aparecía intacta salvo por las franjas que dejaban los esquís. Los arboles se mecían por el viento y la nieve caía de las ramas. Casi podía oír la risa de Sam resonando en su memoria. Pero todo aquello pertenecía al pasado, pensó mientras aquel desconocido agarraba la foto para observarla de cerca.

—Recuerdo ese día.

La voz de Sam detrás de ella la sacó de sus divagaciones. Se giró para mirarlo, pero Sam estaba observando la fotografía que se llevaba el viejo.

—Jack estaba en Alemania y solo estábamos tú y yo en las pistas.

—Lo recuerdo —dijo ella, viendo la expresión nostálgica en sus ojos verdes.

—¿Te acuerdas también de cómo acabó el día? —Sam le pasó una mano por el brazo, provocándole un escalofrío.

—Claro que sí.

Nunca podría olvidarlo. Habían hecho el amor en el teleférico mientras la nieve caía y ocultaba las huellas que habían dejado en la montaña. Recordaba la mágica sensación de estar solos en aquel incomparable marco natural… amándose el uno al otro.

Todo había sido. Ella lo amaba. Él la amaba. El futuro se presentaba ante ellos como una promesa llena de luz y felicidad. Pero dos años después Jack había muerto, Sam se había marchado y ella se había quedado sola.

Sam la estaba mirando con un brillo en los ojos y una media sonrisa, y Lacy sintió que se le aceleraba el corazón. El amor estaba tan cerca que casi podía tocarlo. Pero también el miedo.

—¿Qué haces en una feria artesanal? —le preguntó bruscamente para cambiar de tema.

—Kristi le dijo a Tony dónde ibais a estar y hemos decidido venir a veros. Podríamos comer todos juntos.

La idea de comer volvió a provocarle náuseas. Tragó saliva y respiró profundamente.

—¿Estás bien? —le preguntó él, agarrándola del brazo—. Te has puesto tan pálida como la nieve de tus fotos.

—Estoy bien —respondió ella, intentando creérselo—. Tengo el estómago revuelto, nada más.

Él la miró fijamente, como si pudiera leerle la mente. Lacy le sostuvo la mirada, pues si la apartaba aumentaría sus sospechas.

—¿Seguro?

—Seguro. No tengo hambre.

—Está bien —no parecía convencido, pero al menos dejó de mirarla como si fuera una bomba a punto de explotar y siguió observando las fotografías—. Tus fotos han cambiado tanto como tú.

—¿Qué quieres decir?

—Has madurado. Y también tus fotos. Son más profundas, con muchas más... —la miró a los ojos— capas.

El comentario la conmovió más de lo que quería admitir. Naturalmente que había cambiado. Se había visto obligada a madurar y descubrir que podía seguir adelante sin Sam. Él no le hacía falta para tener su propia vida y sentirse orgullosa de sus logros.

–¿Lo dices con un doble sentido?

–No –dijo él, meneando la cabeza–. No hay ningún doble sentido. Es solo una observación. Realmente eres una mujer formidable.

La miraba con tanta intensidad y admiración que Lacy se estremeció de deleite. Lo que empezaba a sentir por Sam Wyatt era mucho más fuerte de lo que había sentido en el pasado, y eso la inquietaba. Había sobrevivido a su marcha una vez, pero no sabía si podría volver a superar un abandono.

–Debería ir a buscar a Kristi…

–Se ha marchado con Tony –le dijo él con una encantadora sonrisa.

–¿Cómo que se ha marchado?

–Tony la ha invitado a una pizza en La Ferrovia.

–Ah… –Lacy asintió, comprendiendo por qué su mejor amiga la había dejado tirada–. Tony conoce sus puntos débiles. Y las pizzas de La Ferrovia son legendarias.

–Desde luego –afirmó Sam, saliendo con ella de la galería–. Cuando estuve en Italia no pude encontrar nada que las superase.

–Italia, ¿eh? –el corazón se le encogió dolorosamente al pensar en su larga ausencia.

–Es preciosa –dijo él, aunque no parecía complacido con los recuerdos–. A Jack le encantaba Italia.

–¿Y a ti?

102

–Tiene sitios increíbles, pero un lugar pierde parte de su encanto cuando estás solo, sin nadie con quien compartir lo que ves –se encogió de hombros.

A Lacy le extrañó una respuesta tan ambigua. Pensaba que a Sam le habría encantado visitar los mejores lugares de Europa para esquiar, y le sorprendía que no fuera así.

Se detuvieron en el siguiente puesto, donde se exponía una amplia selección de jabones artesanales de todos los colores, cada uno etiquetado con sus ingredientes orgánicos. Agarró dos pastillas de color azul celeste y Sam eligió una de jabón verde.

–¿Quién hace estas cosas?

–Una pequeña empresa de Logan. Me encanta –olió el jabón y sonrió mientras se lo tendía a Sam para que hiciera lo mismo.

–Huele a ti –dijo él–. Hay cosas que un hombre jamás olvida –se inclinó hacia ella–. Como el olor de la mujer con quien hace el amor…

Ella se estremeció de la cabeza a los pies, y por la sonrisa de Sam pareció gustarle su reacción. Un hormigueo le recorría todo el cuerpo, le costaba pensar con claridad y aún más respirar. Y cuando lo miró a los ojos y vio las llamas que despedían, el corazón le dio un vuelco y esa vez no intentó negarlo ni impedirlo.

Cuando estaba con Sam era del todo imposible controlar las reacciones de su cuerpo y de su alma. Aún le quedaba el sentido común para recordar el riesgo que corría, pero a pesar del peligro no había nada que deseara más que arriesgarse con Sam Wyatt. Lo que significaba que se encontraba en una situación extremadamente delicada.

Sam se irguió y miró a su alrededor.

–Me siento fuera de lugar aquí, entre tantas mujeres. No debe de haber más de un puñado de hombres en todo el edificio.

–¿Vas a irte?

Él le sostuvo la mirada.

–No me voy a ninguna parte.

Y entonces ella supo que no solo se refería a la feria.


Sam se quedó con ella una hora más, paseando por una feria en la que normalmente no habría puesto un pie. Pero estar con Lacy en terreno neutral compensaba la sensación de estar desubicado. Se ofreció para llevar las compras y juntos salieron de la estación de tren. Sam se detuvo a contemplar la calle 25 y las montañas cubiertas de nieve a lo lejos. Los árboles empezaban a florecer, el aire era más cálido y el sol de la tarde lo iluminaba todo con un hermoso resplandor dorado.

–Echaba de menos esto –dijo, más a sí mismo que a Lacy–. No sabía cuánto hasta que volví a casa.

–¿Estás en casa? –le preguntó ella. La trenza le caía por el hombro y algunos mechones sueltos se le agitaban en el rostro.

Sam le apartó el pelo de la cara y se lo colocó

detrás de la oreja. Llevaba días haciéndose aquella misma pregunta. No había podido darle una respuesta clara a su padre porque aún libraba un duelo interno. ¿Marcharse? ¿Alejarse de los recuerdos que habitaban en aquella montaña y pasarse el resto de su vida huyendo del pasado? ¿O quedarse para enfrentarse a sus traumas y recuperar todo lo que había abandonado?

¿Y no era fabuloso que la mujer a la que deseaba fuera la propietaria del terreno que codiciaba? Si seguía seduciéndola, ella nunca se creería que su deseo era sincero. Parecía que el destino se estaba divirtiendo mucho a su costa.

Tendría que encontrar la manera. Porque no iba a seguir escondiéndose del pasado. Era el momento de hacer las cosas bien. Sin perder un instante más.

–Sí, Lacy. Estoy en casa… Y esta vez es para siempre.

# Capítulo Ocho

–Quiero abrir una tienda de regalos –dijo Sam, ganándose una mirada de asombro y confusión por parte de Lacy.

Llevaba dándole vueltas a la idea desde el día anterior, cuando los dos paseaban por la feria. Él no había comprado nada, pero era lo bastante listo para apreciar lo que le gustaba a la gente. Y los turistas estarían deseando comprar los productos locales.

–Sí, ya lo sé. No es lo que esperabas oír. Pero veo un potencial enorme. Se me ocurrió mientras estábamos en la feria. Me llamó la atención el gran número de artesanos y artistas que hay en la región… Quiero una tienda separada del hotel, entre el edificio principal y la nueva ampliación –ya se imaginaba el resultado–. Una tienda no solo de regalos, sino donde se puedan comprar también sándwiches, bebidas y chocolatinas… Para la gente que tenga hambre pero que no quiera sentarse a comer.

–Me parece una buena idea, pero…

–Y quiero que sea además un escaparate para el arte local. No solo tus fotos, que son geniales, sino también los tallados y piezas de vidrio que vi ayer en la feria. Y por supuesto sigo empeñado en vender tus postales y fotos enmarcadas.

–No sé qué decir.

–Si vamos a ampliar las instalaciones sería muy beneficioso contar con los artistas locales. A los turistas les gustaría, y para los artistas sería otra manera de exponer y vender sus obras además de las ferias.

–Sí, seguro que estarían encantados –admitió ella, pero no parecía del todo convencida.

–Todo quedará recogido por escrito ante un abogado. Cada artesano recibirá el setenta por ciento de las ganancias, igual que tú con las fotos.

–Me dejas sin palabras…

–Sé lo que estás pensando. Nunca me he implicado en nada aparte de la estación o el esquí.

–Sí…

–Como ya te he dicho, la gente cambia… Volviendo al tema económico, creo que ese porcentaje es justo. Todos saldremos beneficiados, la estación y los artistas –la miró fijamente–. Quiero una amplia variedad de productos en la tienda. Quiero mostrar lo que aquí se hace. Desde los artistas hasta los cocineros y la mujer que nos hace la mermelada de arándanos.

–Beth Howell.

–La misma –anotó el nombre en un pedazo de papel–. Tú la conoces, ¿no? Seguramente conoces a todos los artistas de por aquí…

–A la mayoría, sí.

–Genial. Así puedes hablar con ellos y exponer-

les la idea a ver qué les pareces. Ya nos ocupare-
mos de los aspectos legales.

–¿Quieres que me ocupe yo de esto? –le preguntó ella, sorprendida.

–¿Te supone algún problema? –sonrió, sabiendo que había vuelto a pillarla desprevenida.

–No –respondió ella rápidamente–. Me sorprende, eso es todo.

–¿Por qué? –se levantó y se colocó delante de ella,
apoyando las manos en los brazos del sillón–. Sabes
que tus fotos son geniales. ¿Por qué te sorprende
que quiera exponerlas y ayudarte a venderlas?

Ella soltó un suspiro y jugueteó nerviosamente
con el extremo de su trenza.

–Me extraña que seas tan… bueno conmigo,
viendo cómo te comportaste hace años.

–Te deseo, Lacy. La noche que pasamos juntos
no fue suficiente para mí. Ni muchísimo menos.

Ella ahogó un gemido y se puso colorada.

–Estoy aquí para quedarme. Y eso significa que
volveré a ser parte de tu vida como tú de la mía…
Pero es más que eso –continuó sin darle tiempo a
replicar–. Quiero hacer los cambios necesarios
para que Snow Vista sea un destino turístico de primer orden. Y, sobre todo, quiero convencerte de
que no voy a marcharme.

–¿Por qué te preocupa tanto lo que yo piense? –preguntó ella con un hilo de voz.

–No confías en mí –el destello de sus ojos se lo
confirmó. A Sam no le gustaba que dudase de él,
pero podía entenderlo–. Pero ahora las cosas son

distintas, Lacy. También yo he cambiado –le agarró la mano, temblorosa–. No soy el mismo que era cuando me fui.

–¿Y eso es bueno o malo?

–Supongo que tendrás que descubrirlo tú.

–No debería importarte lo que yo piense.

–Claro que sí –replicó él–. Me importa, y mucho. Mientras estaba fuera tuve mucho tiempo para pensar.

–Yo también.

Él asintió y se reprendió mentalmente por haberle causado tanto sufrimiento. Al marcharse no había sido capaz de ver más allá de su propio dolor. Pero dos años después lo veía todo con mucha más claridad, y sabía que tenía que arreglar la situación que él mismo había creado.

–Hice balance de mi vida y de las decisiones que había tomado. No estaba satisfecho con muchas de ellas, de modo que he vuelto a casa para vivir lo que fuera que me trajo de vuelta.

Ella inspiró profundamente cuando él le acarició los nudillos con el pulgar, y Sam sintió el calor que prendía entre ellos. Los azules ojos de Lacy se entornaron con recelo, como si estuviera esperando que él se diera la vuelta y saliera corriendo.

Pero Sam había dejado de huir. Estaba allí para quedarse y ella iba a tener que acostumbrarse.

–Entiendo tu desconfianza –le dijo, manteniéndole la mirada–. Pero no voy a volver a marcharme, Lacy, y vas a tener que aceptarlo –se inclinó hacia ella–. Me fui hace dos años…

–No hace falta que me lo sigas recordando.

–Lo que quiero decir es que ese tiempo nos ha cambiado a los dos… pero nada puede cambiar lo que hay entre nosotros, no lo niegues.

Ella se lamió los labios, claramente incómoda.

–Sam…

Estaba empeñada en negarlo, pero a Sam siempre le habían gustado los retos.

–Voy a seducirte, Lacy.

–¿Qué? ¿Por qué? –se soltó de su mano y se frotó los dedos como si le escocieran.

–Porque te deseo –dijo él simplemente. No iba a hablar de amor, porque ella no querría oírlo y porque él no estaba seguro de que pudiera volver a decirlo alguna vez. No estaba listo para intentarlo y fracasar de nuevo–. Y tú a mí también.

Lacy no parecía conforme, pero no intentó contradecirlo y Sam se apuntó un tanto. Al menos Lacy admitía, aunque fuera en silencio, que el fuego que ardía entre ellos estaba más vivo que nunca.

–Estás empeñado en desconcertarme, ¿no?

Él le sonrió.

–¿Y cómo lo estoy haciendo?

–Demasiado bien.

–Me alegra saberlo –se irguió bruscamente–. Voy a ver a la arquitecta. Quiero que diseñe la tienda de regalos. Tú habla con algunos de tus amigos a ver si les interesa participar en el proyecto.

–Seguro que sí.

–Estupendo –abrió la puerta del despacho–. Hablaremos de todo durante la cena.

Dos horas más tarde, encerrada en el cuarto de baño. Lacy miraba las tres pruebas de embarazo.

Había ido hasta Logan para comprarlas y así no encontrarse con ningún conocido en la farmacia. Y había comprado tres porque estaba tan obsesionada que no confiaba en el resultado de una sola prueba.

Por primera vez en su vida había conseguido la máxima nota en tres pruebas distintas… Positivo.

Lacy se miró al espejo y se preparó para la ola de pánico. Pero extrañamente no la asaltaron el temor ni el agobio. Los pensamientos se agolpaban en su cabeza y el corazón le latía a un ritmo frenético.

–Dios mío… –su voz resonó en el baño. Sonrió tímidamente y a los pocos segundos tenía una sonrisa de oreja a oreja. Iba a tener un bebé.

Instintivamente se posó una mano en el vientre como para consolar al niño que llevaba dentro. Cuando Sam y ella estaban juntos había fantaseado con formar una familia con él y en cómo le daría la feliz noticia cuando se quedara embarazada.

Pero la situación había cambiado y la cuestión ya no era cómo decírselo, sino si decírselo.

Tenía que hacerlo. Habían concebido un bebé los dos juntos y él tenía derecho a saberlo.

El problema era que lo necesitaba allí en aquellos momentos. Quería arrojarse a sus brazos y compartir aquel regalo con él. Quería que la amara.

Kristi tenía razón. Seguía enamorada del hombre que le había roto el corazón. Tal vez hubiera enterrado sus emociones y el dolor durante dos largos años, pero no había podido olvidar a Sam. Siempre había sido el amor de su vida. Y siempre lo sería.

Pero amarlo sin ser amada era un camino seguro al sufrimiento. Y si le contaba lo del bebé, Sam haría lo correcto. Querría que se casaran de nuevo y que criaran juntos a su hijo, pero ella nunca sabría de verdad si se habría quedado con ella de no ser por el bebé.

No podía estar con él sin saberlo.

Se puso lentamente en pie, tiró las pruebas a la basura y se dio unas palmaditas en el abdomen.

—No te ofendas, cariño, pero tengo que saber si tu padre me querría aunque tú no estuvieras. Así que esto quede entre nosotros de momento, ¿de acuerdo?

—¿Cómo te encuentras? —le preguntó Sam a la mañana siguiente al sorprenderla con la mirada perdida—. ¿Todavía tienes el estómago revuelto?

—¿Qué? —Lacy dio un pequeño respingo—. Eh… no, ya me siento mucho mejor —no era del todo mentira. Pasados los primeros quince minutos de náuseas volvía a estar como nueva. Aunque echaba terriblemente de menos el café.

Sam la miró con ojos entornados, como si intentara decidir si creerla o no.

–Anoche tampoco parecías sentirte muy bien cuando me pasé por tu casa con la cena.

Porque aún seguía aturdida tras descubrir que estaba embarazada. No se esperaba que Sam se presentara con unas pizzas de La Ferrovia. Sin embargo, en vez de intentar llevarla a la cama, habían hablado de los viejos tiempos, de los planes para el complejo y de cualquier cosa salvo de lo que ardía entre ellos.

Durante un par de horas compartieron una agradable velada de charla, risas y recuerdos. Lacy disfrutó enormemente de su compañía, pero su desconcierto no dejaba de aumentar. Sam le había dicho que pensaba seducirla, y aquella cena no se parecía en nada a una seducción.

–¿Has hablado de la tienda de regalos con algunos de tus amigos?

–He hablado con un par de ellos por teléfono y están muy interesados.

–Estupendo –se metió las manos en los bolsillos y miró por la ventana del despacho–. Voy a ver a la arquitecta dentro de una hora. Quiero los planos lo antes posible.

–No creo que eso sea un problema.

–¿Por qué lo dices?

–Nadie puede negarte nada por mucho tiempo, ¿o sí?

–¿Incluida tú? –le preguntó él con una sonrisa arrebatadoramente sensual.

No era justo que Sam tuviera tantas armas para usar contra ella.

–Si mal no recuerdo, te dije que sí hace un par de semanas –respondió para intentar ocultar los estragos que le provocaba.

–Sí, es verdad –afirmó él, recorriéndola lentamente con la mirada.

Lacy se estremeció en la silla, pero se obligó a serenarse cuando vio que él se daba cuenta.

–No te pongas nerviosa –le aconsejó él mientras rodeaba la mesa para inclinarse sobre ella.

–Si no quieres que me ponga nerviosa, no deberías acercarte tanto.

Él volvió a sonreír.

–La seducción no pasa por tener sexo en el despacho, así que por ahora estás a salvo… –le dio un ligero beso en los labios y se irguió–. Me voy a Ogden a reunirme con la arquitecta. Si me necesitas, tienes mi número de móvil.

Lacy ahogó un suspiro. Por supuesto que lo necesitaba, pero no como él creía.

Sam estaba a punto de salir cuando ella recordó algo importante.

–He contratado a un nuevo cocinero para que ayude a María en la cocina. Empieza mañana.

–Magnífico. No tienes por qué consultarlo todo conmigo, Lacy. Hasta ahora has hecho un trabajo formidable en la estación y confío en ti.

\*\*\*

Durante las semanas siguientes Sam se concentró en poner sus planes en marcha. Con la llegada de la primavera estaba más ocupado que nunca, implicándose cada vez más en la vida de la estación y en la de Lacy. Cenaban juntos todas las noches. Él había adquirido la costumbre de presentarse en la cabaña con hamburguesas, comida china o italiana. Hablaban y hacían planes, y aunque le costaba un esfuerzo sobrehumano, no había intentado volver a llevársela a la cama.

Estaba decidido a darle lo que no habían tenido la primera vez. Y eso incluía mandarle flores, tanto al trabajo como a casa. Era reconfortante ver cómo empezaba a bajar la guardia.

El rugido de una excavadora lo sacó de sus pensamientos. El equipo de construcción estaba allanando el terreno para los cimientos del restaurante. Los esquiadores más avezados continuaban acudiendo a la montaña, pero para la mayoría de turistas el comienzo de la primavera significaba el final de la nieve.

Y eso lo había llevado a poner otro plan en marcha. Un equipo de ingenieros y arquitectos estaba trazando la mejor ruta posible para un circuito forestal, como una atracción en un parque temático, en la que los ocupantes de los vagones podrían disminuir la velocidad en las bajadas.

Sonrió y se giró para sentir el viento en la cara. La vista que se disfrutaba desde la cima de Snow Vista era, en su opinión, la mejor del mundo. Muy pronto los árboles volverían a echar hojas, las flores cubrirían los prados y el río bajaría caudaloso y cristalino por el valle.

Miró la ladera boscosa inservible como pista de esquí. La atracción alpina que quería instalar aprovecharía de manera óptima aquel pedazo de tierra. Como una montaña rusa pero sin echar el estómago por la boca. Sería un apacible recorrido al aire libre a través de los árboles, disfrutando de las inigualables vistas. Snow Vista sería un destino tan concurrido en verano como en invierno.

Ya podía imaginárselo todo… Los remontes, los senderos, el restaurante con su variada oferta a precios económicos. Se giró hacia el prado, todavía cubierto por la nieve. Con un cenador y unas pocas reformas se podrían celebrar bodas y retiros corporativos. Las posibilidades eran ilimitadas. Y él estaría allí para hacerlo realidad.

–Todavía hace frío para estar fuera.

Sam se rio y se giró hacia su hermana.

–Estamos en primavera, Kristi. Hay que disfrutar del buen tiempo antes de que llegue el calor.

Ella se acercó a él, con el pelo echado hacia atrás y vestida con vaqueros, jersey rojo y una chaqueta negra. Su expresión era tan fría como el viento que soplaba en la montaña. Ella y Lacy eran las dos únicas a las que aún tenía que convencer de que no iba a marcharse.

–No hace ni un mes que has vuelto y ya tienes a toda la montaña a pleno rendimiento.

–Ahora que he decidido quedarme no veo ningún motivo para demorar las obras –desvió la mirada hacia los hombres que trabajaban en el terreno–. Quiero que todo esté listo lo antes posible.

–¿De ahí la paga extra que les has ofrecido si acaban los cimientos antes del uno de abril?

–El dinero es un gran aliciente –corroboró él con una sonrisa.

–Y tanto que sí. Papá está muy contento con todo lo que estás haciendo.

–Lo sé –Sam estaba encantado con el entusiasmo de su padre y todos los días iba a verlo para ponerlo al corriente de las novedades e implicarlo en los proyectos. No solo para eso, sino simplemente para estar con él–. ¿Y tú, Kristi? –volvió a mirarla–. ¿Qué piensas de todo esto… y de mí?

Ella respiró hondo.

–Me gustan los planes para el complejo –lo miró a los ojos–. Pero aún no sé qué pensar de ti.

Sam se puso serio y decidió que era el momento de dejar las cosas claras con su hermana.

–¿Hasta cuándo piensas hacérmelo pagar?

–¿Hasta cuándo estarás aquí? –replicó ella con las emociones reflejadas en su rostro.

–No puedo estar siempre diciendo que lo siento–. He vuelto. ¿Es que eso no cuenta?

–Supongo que sí, porque me alegra que hayas vuelto, en serio –se metió las manos en los bolsillos de la chaqueta–. Pero lo que hiciste hace dos años nos afectó a todos y no es fácil olvidarlo.

–Lo sé –asintió con gesto sombrío–. Lacy, mamá, papá…

–Y yo –se acercó a él hasta que sus pies se chocaron y echó la cabeza hacia atrás parar mirarlo con fuego en los ojos–. Tu marcha me enseñó que no se puede confiar en nadie. ¿Sabías que Tony me ha pedido dos veces que me case con él y las dos veces le he dicho que no?

Sam ahogó un gemido de asombro.

–No, no lo sabía.

–Pues lo ha hecho Y yo lo he rechazado porque… –la voz se le quebró, tragó saliva y lo fulminó con la mirada–. Porque si tú fuiste capaz de abandonar a Lacy, ¿cómo podía confiar en que Tony se quedaría conmigo?

–Por Dios, Kristi… –nunca en su vida se había sentido tan miserable–. No puedes usarme como excusa para no intentarlo –le puso las manos en los hombros–. Yo lo fastidié todo, de acuerdo, pero fue decisión mía. No puedes juzgar a los demás por lo que yo hice. Tony es un gran hombre y tú lo sabes. Tú eres la dueña de tu vida, Kristi. Lo que hagas con ella es cosa tuya.

–Es muy fácil decirlo cuando no eres tú al que se abandona.

Tenía razón, aunque a Sam le costaba reconocerlo. Cuando Jack murió Sam se vio incapaz de enfrentarse a la situación, a los recuerdos y a la gente que lo necesitaba. El vacío que dejó la muerte de su hermano lo arrastró más allá de la lógica y la razón, y el regreso a casa lo obligaba a encarar las consecuencias de sus actos.

Pero era difícil, muy difícil, aceptar el dolor que les había provocado a los demás.

Miró a Kristi y la recordó en cada fase de su vida. El bebé con el que sus padres habían vuelto a casa del hospital La niña con el pelo rubio que siempre corría detrás de él y de Jack. El chico con el que iba a asistir al baile de graduación y al que los dos hermanos habían amenazado de muerte si se le ocurría sobrepasarse con ella. Los tres riendo juntos en la cima de la montaña antes de lanzarse en una carrera por la pista… Los recuerdos se fueron desvaneciendo, y Sam se quedó mirándola a los ojos. Y movido por el instinto y el cariño, la estrechó entre sus brazos y le posó la barbilla en la cabeza. Al principio ella se resistió, pero a los pocos segundos lo abrazó fuerte por la cintura.

–Maldita sea, Sam, todos te necesitábamos… Yo te necesitaba… y tú no estabas.

–Ahora sí estoy –dijo él, y esperó a que ella volviera a mirarlo, hermosa y triste, pero libre de furia y rencor. Por fin se habían reencontrado–. Pero, Kristi, no dejes que mis errores te hagan renunciar a algo maravilloso. Tú quieres a Tony, ¿verdad?

–Sí, pero...

–No –la interrumpió él–. Nada de peros. Siempre has estado loca por él y es evidente que él también te quiere. De lo contrario no aguantaría todos esos libros de autoayuda que siempre estás citando.

Ella soltó un bufido y agachó brevemente la cabeza, pero seguía sonriendo cuando volvió a mirarlo.

–No me uses como excusa para protegerte, Kristi. Nadie es perfecto. A veces tienes que arriesgarse para conseguir lo que quieres.

Ella frunció el ceño y se mordió el labio, y Sam sonrió y la besó en la frente.

–Confía en Tony… Confía en ti misma, Kristi.

–Lo intentaré… Me alegro mucho de que estés en casa.

–Yo también, pequeña.

# Capítulo Nueve

Seguía pensando en la conversación con su hermana cuando horas después fue a la cabaña de Lacy. Las palabras de Kristi se repetían sin cesar en su cabeza, reprochándole todo el daño que había causado a sus seres queridos… y haciéndole darse cuenta de que no solo deseaba a Lacy sino que la necesitaba otra vez en su vida.

Tenía que encontrar la manera de hacerlo posible. Y no iba a parar hasta conseguirlo.

Llevaba consigo una pizza y el irrefrenable anhelo de estar con ella, de mirarla a los ojos y de saber que tenía una segunda oportunidad.

–Traer pizza es hacer trampa –dijo ella mientras se sentaba en el sofá con una enorme porción.

–¿Cómo es eso? –se rio–. Tienes que comer, y siempre te ha gustado la pizza.

–A todo el mundo le gusta la pizza.

–Pero no a mucha gente le gusta con piña y *pepperoni*.

Ella tomó un bocado y gimió de placer.

–No saben lo que se pierden…

Normalmente Sam habría disfrutado bromeando con ella, pero aquella noche estaba demasiado nervioso. Dejó su pizza y miró el fuego que ardía en la chimenea. Ni siquiera el agradable crepitar de las llamas podía relajarlo.

–¿Qué ocurre?

Sam la miró. El resplandor de las llamas bailaba en su rostro y realzaba sus cabellos dorados cayéndole sobre los hombros. Con vaqueros, un jersey rojo y unos calcetines a rayas seguía siendo la mujer más hermosa del mundo.

–¿Sam? ¿Qué te pasa?

Él se levantó, se acercó a la chimenea y apoyó las manos en la repisa.

–Hoy he hablado con Kristi.

–Lo sé. Me lo ha contado.

Las mujeres no tenían secretos entre ellas. Una realidad que a casi todos los hombres les provocaba escalofríos solo de pensarlo.

–¿Te ha dicho que estaba negándose la felicidad por lo que yo hice hace dos años?

–Sí.

Sam se pasó una mano por el pelo y se giró hacia ella. El sentimiento de culpa le oprimía el pecho y le atenazaba el corazón.

–Nunca fui consciente de hasta qué punto mis decisiones afectaron a todos.

Lacy dejó su trozo de pizza y entrelazó las manos en el regazo.

–¿Cómo no iban a afectarles, Sam?

–Sí, ahora me doy cuenta. Pero en su día no veía más allá de mi propio dolor.

–No dejaste que ninguno de nosotros te ayudara.

–Lo sé… Pero no podía apoyarme en vosotros, Lacy. No cuando la culpa me corroía por dentro.

–¿Por qué te sientes culpable de lo que le pasó a Jack? No lo entiendo.

Sam tragó saliva.

–La culpa empezó cuando Jack enfermó de leucemia…

–¿Pero qué dices, Sam? Tú no tuviste la culpa de que enfermara.

Él soltó una amarga carcajada.

–No, pero éramos gemelos idénticos, Lacy. ¿Por qué él tuvo que enfermar y yo no? Jack nunca lo dijo, pero yo sé que pensaba lo mismo. ¿Por qué él? ¿Por qué no yo?

Lacy dejó escapar un suspiro y Sam no supo si era de compasión o frustración.

–Yo estuve con él en todo momento, pero no podía compartir su calvario. No podía cargar con la mitad del sufrimiento y hacérselo más fácil –apretó el puño y se golpeó el costado–. Me sentía impotente, Lacy. No podía hacer nada.

–Hiciste algo, Sam –le recordó ella–. Le donaste tu médula. Le diste una posibilidad y funcionó.

Sam resopló al recordar las esperanzas albergadas.

–Al final no sirvió de nada.

–No sabía que te sintieras así –se levantó y se acercó a él–. ¿Por qué nunca me lo dijiste, Sam?

Él volvió a resoplar. Mirarla a los ojos era lo más difícil que había hecho en su vida, tanto como intentar explicar lo inexplicable.

–¿Cómo podía decirle a mi mujer que me sentía culpable por estar casado y feliz de estar vivo? –se pasó las dos manos por el pelo y se llenó los pulmones de aire, como si estuviera a punto de ser engullido por el mar–. Yo te tenía a ti, Lacy, pero Jack no tenía a nadie.

–Nos tenía a todos.

–Sabes lo que quiero decir –sacudió la cabeza–. Se estaba muriendo delante de mí.

–De nosotros.

Tenía razón. Recordaba demasiado bien la angustia de sus padres. Las oraciones que susurraban en la sala de espera del hospital. A su padre envejeciendo de golpe y a su madre conteniendo las lágrimas con el corazón destrozado. Y sin embargo...

–No podía verlo de otra manera –admitió–. No quería sentirlo de otra manera. Estaba tan sumido en la desesperación que no podía ver una salida.

–Pero al final la encontraste.

–Sí –vio el dolor en los ojos de Lacy y se odió a sí mismo por haberlo provocado y desenterrado–. No sé si puedes entender lo que hice, Lacy. Ni siquiera yo sé si puedo.

–Ponme a prueba –lo invitó ella, cruzándose de brazos.

Sam se había pasado dos años reprimiéndolo todo. Dejarlo salir todo de golpe era como... ni siquiera se le ocurría una metáfora adecuada. Pero no podía seguir guardándoselo. Lacy debía saber lo ocurrido y por qué había hecho lo que hizo.

–Después de que el trasplante saliera bien y Jack empezara a recuperarse, fue como si... –se detuvo un momento para buscar las palabras–. Como si el destino me dijera: «Está bien, Sam. Puedes volver a ser feliz. Tu hermano está vivo. Tú lo has salvado. Todo va bien».

Recordaba el inmenso alivio, las risas, la recuperación de su hermano, la convicción de que todo volvía a ser como antes...

Lacy le puso una mano en el brazo y Sam se la cubrió con la suya. Era como una cuerda salvavidas que le impedía hundirse en el pasado.

–Jack volvía a estar bien, tan exultante como siempre, y después de tanto tiempo postrado en la cama no veía la hora de lanzarse de nuevo en busca de emociones.

–Lo recuerdo –murmuró ella.

Durante unos segundos solo se oyó el crujido de los troncos en la chimenea.

–Me enseñó su lista. No de cosas que le hubiera gustado hacer, sino de cosas que quería hacer. Su primer propósito era irse a esquiar a Alemania con unos amigos y recuperar todo lo que el cáncer le había arrebatado.

Lacy lo miró con los ojos llenos de lágrimas.

–Estaba bien, maldita sea –Sam se apartó de ella y se frotó la cara con las manos, como un hombre que intentara despertar de una pesadilla–. Lleno de vida y optimismo... y entonces muere de improviso en un accidente de coche. ¿Cómo pudo ocurrir algo así? Es absolutamente demencial.

–Lo sé, Sam. Yo estaba contigo. Yo y todos.

–Esa es la cuestión, Lacy –volvió a clavarle la mirada, desesperado porque lo entendiera–. Todos estabais allí, pero yo no podía aceptaros. No podía permitírmelo, porque Jack se había ido y se había llevado sus sueños. Yo lo salvé y aun así murió. Era como si el destino nos estuviera gastando una broma macabra. Nada tenía sentido. No podía traerlo de vuelta, de modo que tomé la mejor decisión posible: mantener vivos sus sueños.

Lacy tardó unos segundos en reaccionar.

–¿Por eso te marchaste? ¿Para terminar todo lo que él empezó?

–Los planes que hizo eran todo lo que me quedaba de él. No podía dejar que murieran.

–Sam… ¿De verdad creías que completando la lista de Jack ibas a tenerlo contigo?

Dicho así sonaba ridículo, pero era exactamente lo que había creído. Haciendo realidad los sueños de su hermano, la vida de su hermano, era como si Jack no hubiese muerto.

–Para mí era importante –murmuró–. Tenía que mantenerlo vivo de alguna manera.

–Sam… –se llevó una mano a la boca y los ojos se le llenaron de lágrimas.

–Mantenerlo vivo en mi interior significaba abstraerme de la realidad de su muerte. Por eso me marché. No podía quedarme aquí, aceptando día tras día que ya no estaba –se sentía estúpidamente patético por haber renunciado a su vida al no poder aceptar la muerte de su hermano–. Me llevé los sueños de Jack y los hice realidad por él. Durante un tiempo me dediqué por entero a esquiar y emborracharme –recordó las solitarias habitaciones de hotel en las que se despertaba con terribles resacas–. Pero la bebida solo hacía que me sintiera peor, e incluso el esquí no tardó en perder su interés.

–Tendrías que haber hablado conmigo, Sam.

–¿Para decirte qué? ¿Que no merecía ser feliz porque Jack estaba muerto? No me habrías entendido.

–Cierto, no lo habría entendido. Te habría dicho que vivir era la mejor manera de honrar a Jack. Vivir y hacer realidad tus sueños, no los suyos.

Sam suspiró. Después de dos años también él lo veía así.

–Mis sueños no me importaban cuando los suyos habían desaparecido.

–¿Y te sirvió de algo marcharte de aquí?

–Al principio sí, pero no por mucho tiempo. Esos sueños no me alimentaban porque no eran los míos. Pero tenía que intentarlo. Se lo debía a Jack.

Ella le tomó el rostro entre las manos y el calor de su piel derritió los restos de hielo incrustados en su corazón. ¿Cómo había sobrevivido dos años sin el tacto de Lacy? ¿Sin el sonido de su voz? ¿Sin la curva de sus labios? ¿Cómo había podido alejarse de la única mujer en el mundo por la que merecía la pena vivir?

–No le debes nada a Jack, Sam. Y menos tu vida.

–Lo sé –le cubrió las manos con las suyas. Era muy pronto para decirle que la amaba. Ella no lo creería, después de lo que él le había hecho. Lo que debía hacer era demostrárselo poco a poco, día a día, hasta convencerla de que nunca más volvería a abandonarla–. Por eso he vuelto, Lacy. Para rehacer mi vida. Y quiero que en esa vida estés tú.

–Sam…

–No digas nada aún, Lacy –la interrumpió él–. Déjame demostrarte que puedo ser tu hombre.

Ella ahogó un débil gemido y los ojos le destellaron de emoción.

–Vamos a descubrirnos el uno al otro otra vez, ¿de acuerdo?

Ella asintió lentamente y Sam vio la mezcla de esperanza y cautela en sus ojos.

–Puedes confiar en mí, Lacy. Te lo juro.

–Quiero hacerlo, Sam –susurró ella–, más de lo que te imaginas…

–Dame una oportunidad –la abrazó para besarla y ella se pegó a su cuerpo, haciéndole ver que estaba dispuesta a intentarlo.


Lacy seguía sonriendo a la mañana siguiente.

Sentía como si ella y Sam hubieran tendido un puente entre el pasado y el presente. Él le había explicado las razones de su marcha y ella casi podía entenderlo, por triste y doloroso que fuera. Tenía que admitir que la pérdida de Jack había sido aún más devastadora para Sam. Como si perdiera una parte de sí mismo.

Pero la vida les estaba dando una segunda oportunidad para hacer las cosas bien.

–Creo que todo va a salir bien –le dijo al niño que crecía en su interior, poniéndose una mano en el vientre–. Tu padre y yo lo vamos a hacer posible.

Y para demostrarse, y demostrarle, que estaba dispuesta a confiar en él y a creer en el futuro, había decidido contarle lo del bebé aquella noche.

El estómago le dio un vuelco al pensarlo, pero era lo correcto. Si iban a hacer que su relación funcionara tenía que ser tan sincera como él lo había sido la noche anterior.

Se dio una palmadita en el vientre y cruzó sonriente el vestíbulo. Salió al exterior para aspirar el aire primaveral. Los tulipanes y los narcisos salpicaban las laderas y los árboles empezaban a llenarse de hojas. No solo la nieve se estaba derritiendo, sino también el hielo que había protegido su corazón. Lacy se sentía más ligera, más libre de lo que se había sentido en dos años, y estaba lista para abrazar un futuro que se presentaba lleno de luz y esperanza.

–¡Lacy! ¡Lacy!

Se giró y le sonrió a Kevin Hambleton, que estaba corriendo hacia ella. Era un joven activo y entusiasta que ayudaba en la tienda de alquiler de esquís, pero que ansiaba un puesto de monitor.

–Hola, Kevin –lo saludó de camino al remonte

que la llevaría a las obras. No solo quería ver cómo iba el nuevo restaurante, sino también ver a Sam–. Voy a ver cómo van las obras.

–Es fantástico, ¿verdad? –el rostro le brillaba de entusiasmo–. Todo lo que está pasando desde que Sam volvió.

–Y aún habrá más –le aseguró ella, pensando en la tienda de regalos y la ampliación del hotel. Al cabo de un par de años Snow Vista sería un destino turístico de primera.

–Lo sé. Lo he leído en el periódico esta mañana.

–¿Qué? –que ella supiera no se había publicado la noticia de la tienda de regalos.

–Sí, había un artículo que hablaba de los cambios y de la pista para principiantes que Sam va a hacer en la ladera posterior de la montaña…

Lacy sacudió la cabeza, frunció el ceño e intentó concentrarse en lo que estaba diciendo Kevin. Pero el corazón le latía con fuerza y su mente empezaba a bloquearse.

–¿Sam va a hacer una pista en la ladera?

–Sí, y yo quería apuntarme contigo. Ya sabes que estoy deseando ser monitor, y creo que empezar con los más pequeños sería una buena idea, ¿verdad?

–Desde luego –Lacy apenas podía escucharlo.

–Con una nueva pista necesitarás más monitores, y quería preguntarte si… podrías tenerme en cuenta.

Kevin la miraba con una sonrisa esperanzada y

con sus pecas brillando como motas doradas. Pero el campo visual de Lacy se fue reduciendo hasta que fue como si estuviera mirando a Kevin a través de un telescopio. La cabeza le daba vueltas y una bola de hielo se le formaba en el estómago.

—¿Cómo has sabido lo de la nueva pista?

—Ya te lo he dicho, lo he visto en el periódico.

De repente parecía preocupado, como si temiera haber hecho algo malo. Lacy le sonrió y le dio una palmadita en el hombro.

—Muy bien, Kevin. Contaré contigo.

—¡Gracias! —exclamó lleno de júbilo y alivio—. Mil millones de gracias, Lacy.

Lacy vio cómo se alejaba corriendo, pero ya no tenía la mente puesta en Kevin. Solo pensaba en Sam Wyatt. El canalla embustero. Pensó en la noche anterior, y en las últimas semanas, y lo vio todo con otros ojos.

Le había dicho que iba a seducirla, pero no era eso lo que pretendía. Su verdadero objetivo era utilizarla, minar poco a poco sus defensas y finalmente asestar el golpe de gracia. Había jugado con la compasión y se la había llevado a la cama.

—Me había convencido... —admitió para sí misma, sintiéndose patéticamente ingenua.

Se encogió de vergüenza al recordar con qué facilidad se había dejado engañar. Sam había sorteado hábilmente todas y cada una de sus defensas. Había conseguido que sintiera lástima por él y que lo perdonara por haberla abandonado. Le había hecho creer otra vez en él. La noche anterior la había convencido de que tenían una oportunidad para empezar de nuevo. Pero nada de eso le interesaba. Ella solo era un medio para conseguir un fin. Lo único que quería de ella era la tierra que su familia le había dado. Para sus planes. Para sus cambios. Ella no le importaba, igual que dos años antes. Y al igual que entonces ella no se había dado cuenta hasta que la verdad le explotó en la cara.

La ira empezó a brotar en su interior. No era la misma Lacy. Se había hecho más fuerte y dura. Y esa vez no iba a dejar que Sam se saliera con la suya.

Lo encontró en la obra, justo donde esperaba. Sam se pasaba allí casi todo el tiempo, hablando con los trabajadores y observando de cerca la construcción del nuevo restaurante. Y mientras tanto seguramente planeaba cómo arrebatarle la propiedad.

Se bajó del remonte de un salto en cuanto alcanzó la cima y siguió el ruido de las máquinas sin darse tiempo para calmarse.

Sam estaba observando lo que a simple vista parecían las secuelas de un bombardeo. El ruido era ensordecedor y no la oyó acercarse, pero debió de sentir su presencia y se giró hacia ella con una sonrisa. La sonrisa, no obstante, se esfumó de su rostro al verla.

—¿Lacy? —frunció el ceño y alzó la voz para hacerse oír—. ¿Va todo bien?

–Nada va bien y lo sabes –respondió ella, clavándole un dedo en el pecho–. ¿Cómo has podido hacerlo? Me has mentido. Te has aprovechado de mí. Has vuelto a jugar conmigo, Sam.

–¿Pero de qué demonios estás hablando?

Se le daba muy bien actuar, y su expresión de asombro habría resultado muy convincente si ella no supiera ya la verdad.

–Sabes muy bien de qué estoy hablando, así que no te hagas el inocente –estaba tan furiosa que no podía casi ni respirar–. Kevin me ha contado lo que está pasando aquí realmente. Debería haberme imaginado lo que se ocultaba detrás de tantas cenas y flores.

Sam puso una cara tan sorprendida que a Lacy le entraron ganas de abofetearlo.

–¿Por qué no te calmas y me dices lo que ocurre?

–¡No me digas que me calme! No me puedo creer que haya picado el anzuelo. Me faltaba esto –acercó el índice y el pulgar– para volver a confiar en ti. Creía que lo de anoche significaba algo...

–Pues claro que significó algo –declaró él, endureciendo su expresión.

–Lo de anoche no fue más que la guinda del pastel –replicó ella, sufriendo la humillación de saber que todo había sido una farsa–. El gran final para tu soberbia actuación. Y yo me lo creí todo... Tu dolor, tu tristeza, tus remordimientos... Te funcionó a la perfección. Y en la cama me hiciste recordar lo que habíamos compartido... ¡Conseguiste que volviera a desearlo! Lo tenías todo planeado desde el principio, ¿verdad?

–¿Planeado? –Sam alzó los brazos y los dejó caer a sus costados–. Si me dices de lo que estás hablando, tal vez pueda responderte.

–La ladera posterior de la montaña. Mi terreno. La tierra que tus padres me cedieron –le costaba respirar y hablaba con voz temblorosa y entrecortada–. La quieres para hacer una nueva pista de principiantes. Kevin me ha dicho que lo leyó en el periódico esta mañana. Tu secreto se ha descubierto, Sam. Ahora sé la verdad, y he venido a decirte que no te saldrás con la tuya.

–¿En el periódico? –repitió él–. ¿Cómo demonios…?

–¡Ja! –gritó ella–. No contabas con que se supiera tan pronto, ¿eh? Querías un poco más de tiempo para engatusarme del todo.

–Eso es no lo que… No importa.

Lacy ahogó una exclamación.

–Maldito sinvergüenza, ¡claro que importa! Es lo único que importa. Me has mentido, Sam. Me has usado. Y yo te he permitido hacerlo.

–Espera un momento –espetó él–. Puedo explicártelo todo.

Ella dio un paso atrás y ni siquiera se percató de que todas las máquinas se habían detenido y que un silencio sepulcral se cernía sobre la montaña.

–Seguro que sí. Siempre tienes explicaciones para todo.

–Lacy, espera un…

–¿Hasta dónde estabas dispuesto a llegar para conseguir lo que querías, Sam? ¿Al matrimonio, tal vez?

–Si te callas y me escuchas por un segundo…

–¡No me digas que me calle! Y para que lo sepas, no voy a seguir escuchándote –dio otro paso atrás y lo miró con la expresión más fría que pudo–. ¿Quieres el terreno? Pues no vas a tenerlo. No vas a conseguir lo único que querías de mí.

Él avanzó hacia ella.

–No es eso lo que quiero de ti.

–No te creo. Ahora sé la verdad.

–No sabes nada –replicó él, acercándose más–. Es verdad que quería una nueva pista para principiantes, pero…

–Ahí está. Por fin. La verdad –echó la cabeza hacia atrás como si hubiera recibido una bofetada–. ¿Ha sido tan difícil decirla?

–No he acabado.

–Claro que sí. Los dos hemos acabado. Lo que había entre nosotros ha terminado.

–Nunca se acabará, Lacy –hablaba con una voz grave y profunda, llena de convicción–. Lo sabes tan bien como yo.

–Lo que yo sé es que una vez te creí cuando me dijiste que nunca me abandonarías. Sabías lo que eso significaba para mí, habiendo sido abandonada por mi propia madre. Me prometiste que tú nunca lo harías. Me juraste que siempre me amarías –no podía respirar. Unas garras de acero le oprimían los pulmones y el corazón–. Y luego te marchaste. Rompiste tu promesa y a mí me rompiste el corazón. No permitiré que vuelvas a hacerlo. No volveré a sufrir por ti, Sam.

–Estás muy alterada –dijo él tranquilamente, como si estuviera hablando con una histérica–. Cuando te calmes lo aclararemos todo.

Ella se echó a reír.

–Te he dicho todo lo que tenía que decirte... No quiero volver a saber de ti. Nunca más –se dio la vuelta y echó a correr hacia el remonte.

# *Capítulo Diez*

El instinto lo acuciaba a ir tras ella y obligarla a escucharlo. Pero dos años atrás su instinto lo había llevado a cometer un grave error.

Por tanto, se negó a seguirla y en vez de eso fue a la residencia de su familia en el hotel.

El salón estaba vacío, pero el olfato le llevó hasta la cocina. Se detuvo en la puerta y observó como su madre cocinaba y a su padre jugando un solitario en la mesa de roble.

–¡Sam! –exclamó su padre al verlo–. Me alegro de verte. ¿Cómo van las obras? Cuéntamelo todo, ya que tu madre todavía no me permite subir a la cima.

–Todo va bien –respondió él, sentándose. La cocina era alegre y acogedora, iluminaba por el sol que entraba por las ventanas.

–No pareces muy contento –observó su madre.

Él la miró y esbozó una sonrisa forzada.

–No es por eso. Se trata de…

–Lacy –concluyó su madre.

–Veo que tu radar de madre sigue funcionando a pleno rendimiento.

–No es que sea muy difícil adivinarlo, pero te agradezco el cumplido.

–¿Y bien, qué ocurre? –le preguntó su padre.

Sam no sabía por dónde empezar. Pero había ido a verlos para hablar y expulsar todo lo que le oprimía el pecho.

–Al parecer alguien habló con la prensa, porque en el periódico de hoy se habla de mi intención de hacer una pista para principiantes en el terreno de Lacy.

–¡Uf! –resopló su padre con una mueca.

–Y ella lo ha descubierto –dijo su madre.

–Sí –tamborileó con los dedos sobre la mesa–. No me explico cómo llegó la noticia a la prensa. Yo había cambiado mis planes cuando supe que el terreno era propiedad de Lacy.

–Puede que yo tenga la culpa…

–¡Bob! –lo reprendió su mujer–. ¿Qué has hecho?

–El otro día llamó una reportera y se puso a hacer preguntas sobre todos los cambios y reformas que estamos llevando a cabo. Me pidió que le hablara de las pistas, y entonces ella confesó que no sabía esquiar y yo le dije que podíamos enseñarle y que tú querías hacer una pista para principiantes en la ladera posterior pero que los planes estaban en suspenso y que por favor no dijera nada… Supongo que lo hizo de todos modos.

Sam soltó un débil gemido. Al menos ya sabía cómo se había filtrado la noticia. Y aunque sería mucho más fácil si pudiera culpar a su padre, en el fondo sabía que nada de eso habría ocurrido si hubiera sido honesto con Lacy desde el principio.

–No te preocupes, papá. Tarde o temprano tenía que enterarse.

–Sí, pero debería haberlo sabido por ti –señaló su padre.

–De nada sirve lamentarse ya –se recostó en la silla y tomó un sorbo del café que su madre le había puesto delante.

–¿Qué vas a hacer ahora? –le preguntó su madre tranquilamente, apoyada en la encimera con los brazos cruzados.

–Esa es la cuestión… –sentía un doloroso nudo en el pecho y no parecía que fuera a aliviarse–. No tengo ni idea.

No sabía lo que debía hacer, pero sí lo que quería hacer: ir tras ella y decirle que la amaba. Pero Lacy ya no lo creería.

–He estado a punto de salir corriendo tras ella…

–Mala idea –dijo su padre–. Nunca te acerques a una leona que quiere morderte. Te lo digo por experiencia –añadió mirando de soslayo a su mujer.

–Muy gracioso –murmuró ella, antes de volverse hacia Sam–. ¿Y cuánto crees que tardará Lacy en calmarse?

–Puede que diez o veinte años –respondió, bromeando solo a medias–. Parece que mi vuelta a casa lo ha puesto todo patas arriba. Tal vez sería mejor para todos si volviera a marcharme y…

–Ni se te ocurra decir eso –le advirtió su madre con una voz fría como el hielo.

Sam se quedó sorprendido por su vehemencia.

–No era mi intención. Solo pensaba que tal vez sería más fácil para todos si…

–¿Si qué? ¿Si vuelves a desaparecer? ¿Si vuelves a abandonar a tu familia?

Sam puso la misma mueca que su padre. Se sentía como cuando tenía trece años y su madre lo castigaba por estrellar una moto de nieve contra el hotel.

–Mamá… –dijo, poniéndose en pie.

–No –su madre se apartó de la encimera como si fuera a librar un duelo–. Desde que volviste he preferido callarme todo lo que quería decirte para no tensar la cuerda. Pero prepárate porque ahora vas a oírlo todo.

»Cuando te marchaste fue como si hubiera perdido a mis dos hijos. No sabía nada de ti, si estabas bien, o si estabas vivo. Cuatro postales en dos años, Sam. Eso fue todo. Era como si también a ti te hubiésemos perdido.

Su madre era única para avergonzar a un hombre adulto. La miró y supo que nunca podría compensarla por lo que había hecho.

–Tenía que irme, mamá.

–Puede ser –concedió ella–. Pero ahora has vuelto, y si vuelves a marcharte no serás mejor que Jack, siempre huyendo de la vida.

–¿Qué? En eso te equivocas. A Jack le encantaba vivir la vida al máximo. No desperdiciaba la menor ocasión.

Su madre suspiró profundamente.

–No, cariño. A Jack le encantaba buscar nuevas experiencias, no la vida, ya fuera conducir los coches más rápidos o esquiar las montañas más altas… Eso no es vida. Es vicio.

Sam nunca había pensado en su hermano de aquella manera.

–Yo quería a Jack –continuó ella, golpeándose el pecho–. Cuando murió perdí una parte de mi corazón que nunca podré recuperar. Pero el amor que les profeso a mis hijos no me impide ver sus defectos –sonrió con tristeza–. No había nadie como Jack para la aventura, pero nunca tuvo el valor de amar a una sola mujer y construir una vida con ella. Nunca fue capaz de enfrentarse a las crisis cotidianas, pedir una hipoteca, pagar las facturas, llevar los niños al dentista… Eso es la vida, Sam. Una vida de verdad con sus altibajos y sus problemas. La clase de vida que aterrorizaba a Jack y que siempre evitó a toda costa.

Sam lo pensó y se dio cuenta de que su madre tenía razón. Jack siempre había frecuentado compañías de una sola noche. Mujeres que aborrecían el compromiso tanto como él.

–Tú tuviste el valor que a él le faltaba, Sam. Cuando te casaste con Lacy y empezasteis un proyecto de vida juntos –suspiró–. La abandonaste y no voy a decir si estuvo bien o mal porque lo hecho hecho está. Mi pregunta es, ¿aún tienes ese valor, Sam? ¿Aún quieres tener esa vida con Lacy?

La pregunta permaneció suspendida en el aire y a Sam también le pareció que reverberaba en su interior. Miró a su madre y después a su padre. A los recuerdos que habitaban entre aquellas paredes. Su vida estaba allí. Era hora de reclamarla de una vez por todas. Quería recuperar la vida que había arrojado por la borda. Quería otra oportunidad para construir lo que sus padres habían logrado.

Él no era Jack. Él quería algo estable. Quería vivir con una mujer que hiciera de cada día una ocasión única y especial. Y lo único que tenía que hacer para conseguirlo era encontrar la manera de que Lacy lo escuchara. Tenía que hacerla entender que la amaba… y que ella lo amaba a él.

–Sí, mamá –dijo en voz baja–. La quiero.

Su madre lo abrazó, abandonando también ella las reservas, y por primera vez desde que volvió a Snow Vista Sam sintió realmente que había vuelto a casa.

–¿Estás embarazada?

–Sí, y no se lo digas a tu hermano.

–Ni una palabra –juró Kristi haciendo un gesto con los dedos–. ¿Desde cuándo lo estás? No importa, tiene que ser reciente porque Sam solo lleva aquí un mes. Es de Sam, ¿verdad?

Lacy la miró con exasperación.

–Claro que es de Sam –dijo Kristi–. El muy idiota.

–Eso es lo más amable que se puede decir de él.

Lacy llevaba una hora despotricando contra Sam, y cuando se le escapó lo del embrazado tuvo que hacerle jurar a su amiga que guardara silencio. Pero no se arrepentía de haber compartido el secreto con Kristi. Le sentaba bien decírselo a alguien.

Seguía estando tan furiosa que no podía pensar con claridad, pero lo estaba sobre todo consigo misma por haberse creído de nuevo las mentiras de Sam. Claro que, ¿cómo no iba a dejarse seducir si aún lo amaba con locura?

–¿Qué vas a hacer?

Lacy se hundió en el sillón y miró el fuego de la chimenea.

–Voy a tener a mi bebé y nunca más volveré a hablarle a tu hermano.

–Mmm… –Kristi se arrellanó en su sillón–. Me parece bien, pero será difícil viviendo tan cerca el uno del otro.

–Él no se quedará –murmuró Lacy–. Tarde o temprano volverá a marcharse a cumplir los sueños de su difunto hermano.

–Antes pensaba que Jack era el más tonto, pero Sam lo ha superado con creces.

Lacy se encogió en el sillón.

–Lo siento. No debería meterte en medio. Al fin y al cabo es tu hermano.

–¿Estás de broma? En asuntos de esta índole se trata de chicas contra chicos. La familia no cuenta.

–Eres una buena amiga, Kristi –le dijo con una sonrisa.

–Y podría ser mejor si me dejaras darle a Sam su merecido.

–No –la furia se mezclaba con la amargura,

pero sabía que dedicarle a Sam más atención sería darle lo que él quería, de manera que iba a ignorarlo, por completo y para siempre.

Oh, por todos los santos, ¿cómo iba a ignorarlo? No pasaría mucho tiempo hasta que mostrase los síntomas del embarazo, y entonces Sam lo sabría y…

–Quizá sea yo la que debería marcharse.

–Ni se te ocurra –le advirtió Kristi al momento–. ¿Qué haría yo aquí sin ti? Además, llevas ahí dentro a mi sobrino o mi sobrina… y estoy deseando conocerlos.

–Sí, pero…

–Y si te marchas, Sam pensará que tenías miedo de quedarte aquí, en tu casa.

A Lacy no le hacía ninguna gracia la idea de marcharse. Le encantaba su cabaña, su trabajo, la montaña… Amaba la vida que tenía allí. Y por desgracia, amaba a Sam.

–Me va a explotar la cabeza.

–¿Qué te parece si salimos a cenar o algo? –le propuso Kristi–. Para que dejes de pensar en el idiota de mi hermano.

Lacy sonrió, pero negó con la cabeza.

–No, gracias. Solo quiero quedarme en casa y meter la cabeza bajo la almohada.

–En ese caso, te dejaré tranquila.

Las dos se levantaron y Lacy abrazó a su amiga.

–Muchas gracias… Por todo.

–Todo se arreglará, Lacy. Ya lo verás –en ese momento llamaron a la puerta–. ¿Quieres que abra yo y mande a paseo a quienquiera que sea?

–Sí, gracias.

Kristi abrió la puerta y Lacy oyó la voz de Sam.

–Quiero hablar con ella.

–Pues ella no quiere hablar contigo –replicó Kristi.

Lacy soltó un gemido y fue a enfrentarse con Sam. No podía provocar un conflicto entre los dos hermanos.

–Está bien, Kristi. Yo me ocupo.

–¿Estás segura? –su amiga la miró con preocupación.

–Sí, tranquila –no estaba bien, ni mucho menos, pero no le daría a Sam la satisfacción de ver cuánto la afectaba su presencia.

–Muy bien, entonces me marcho –Kristi le lanzó a Sam una mirada de advertencia–. Pero no estaré lejos. Idiota.

–Gracias –respondió él con sorna–. Muy amable por tu parte.

–Agradece a Lacy que no me haya dejado darte una paliza –le gritó por encima del hombro.

Sam apretó los dientes, se giró hacia la puerta y Lacy no tuvo tiempo para cerrarla porque él se lo impidió con la mano.

A pesar de la adusta expresión que le ensombrecía el rostro, a pesar de todo, a Lacy se le aceleró el corazón con un deseo que probablemente jamás se apagaría. Su mente y su cuerpo estaban en guerra, pero por su bien y el de su hijo tenía que ser fuerte.

Detrás de Sam el sol del crepúsculo se filtraba

entre los pinos, las flores empezaban a asomar en la tierra y los último restos de nieve se acumulaban en sucios montones.

–En la montaña me dijiste lo que tenías que decir –dijo él–. Ahora vas a tener que escucharme.

–¿Por qué?

Sam la miró unos segundos en silencio.

–No se por qué, pero vas a tener que hacerlo.


Sam se dirigió hacia el salón y se tomó un momento para ordenar sus pensamientos. No podía fracasar en el propósito más importante de toda su vida. Lacy iba a tener que escucharlo, comprenderlo y reconocer que también ella lo amaba. Costase lo que costase.

Lacy entró detrás de él, pero se detuvo a un metro de distancia y se cruzó de brazos.

–Di lo que tengas que decir y luego lárgate.

Había estado llorando. Tenía las pestañas húmedas, el rostro enrojecido y le temblaban los labios. Sam se odió a sí mismo.

–Lo primero es dejar las cosas claras. No quiero el terreno.

Ella arqueo las cejas.

–No es eso lo que decía el periódico.

–Esa noticia es falsa –se pasó una mano por el pelo–. Está bien, admito que se me ocurrió hacer una pista para principiantes en la ladera, pero cambié de idea cuando mi padre me dijo que te habían cedido el terreno.

–Qué magnánimo por tu parte.

–Maldita sea, Lacy. No sabía que eras la propietaria del terreno. En cuanto lo supe cambié mis planes.

–¿Y se supone que debo creerte?

–No importa que lo creas o no –dio un paso adelante, y cuando ella no retrocedió lo tomó como una señal de que estaba dispuesta a escucharlo–. Lo único que necesitas creer es que te quiero.

Los ojos de Lacy destellaron de emoción, pero Sam no supo si era algo bueno o malo y siguió hablando.

–Hicieron falta dos malditos años para darme cuenta de lo que había perdido. Pero ahora lo sé. Estamos hechos el uno para el otro, Lacy.

Ella negó con la cabeza y se aferró con fuerza los brazos, pero no dijo nada ni le ordenó que se fuera. Aquello tenía que significar algo por fuerza.

–Sé que te hice daño cuando me fui…

–¿Daño? –repitió ella con desdén–. Me destrozaste por completo.

–Es verdad, lo hice, y lo lamento profundamente. Pero desde que nos casamos estabas esperando que yo te fallara y me marchase, igual que hizo tu madre.

–Y estaba en lo cierto, ¿no?

–Sí, pero siempre relacionaste el amor con lo que hizo tu madre, y por eso estabas convencida de que yo haría lo mismo que ella. Nunca creíste que me quedaría contigo. Admite al menos eso.

–¿Para aliviar tu conciencia? ¿Por qué tendría

que hacerlo? Puedo decirte que quería creer en ti, pero si lo hubiera hecho tu marcha me habría matado.

Sam sintió una punzada de remordimiento atravesándole el pecho.

—Pero confié en ti, Sam —añadió ella—. Y me rompiste el corazón.

Fuera el sol empezaba a ocultarse, pero a la tenue luz del interior Sam podía ver el dolor en los azules ojos de Lacy.

—Lo sé, y nada me gustaría más que poder cambiar el pasado —las palabras eran como un chorro de ácido que le corroía la garganta—. Pero tu madre no era un ejemplo de amor, Lacy. Tu padre sí. Él se quedó contigo y no permitió que la desgracia afectara la relación con su hija. Esa es la clase de amor que yo te ofrezco ahora.

Lacy tardó unos segundos en contestar.

—Tienes razón acerca de mi padre —corroboró finalmente—. Nunca lo había pensado de ese modo, pero es cierto. Mi madre se fue. Él se quedó. Se volvió triste y solitario, pero se quedó. Tú no.

—No —odiaba admitirlo—. Pero ahora estoy aquí, y no voy a irme a ninguna parte.

Ella volvió a negar con la cabeza.

—Estoy aquí para quedarme, Lacy —tenía que creerlo y confiar en él—. Quiero tener una vida contigo. Quiero tener hijos contigo. Quiero envejecer a tu lado en esta montaña y ver a nuestros nietos corriendo por la nieve —ella titubeó ligeramente, y Sam se animó a dar otro paso–. Si tengo que pasarme los próximos diez años seduciéndote para conseguir que me creas, lo haré encantado. Te traeré flores todos los días y cenaremos juntos todas las noches. Te colmaré de besos, caricias y promesas, y al final volverás a creer en mí.

–¿Sí?

–Sí –afirmó con voz suave y una sonrisa–. Porque tú me quieres, Lacy. Tanto como yo a ti.

Ella contuvo la respiración, y la emoción embargó a Sam al verla allí de pie, con su pelo suelto y suave, el rostro en tensión y los ojos llenos de lágrimas.

–Te hice daño, Lacy. Si pudiera cambiar el pasado lo haría sin dudarlo. Pero lo único que puedo hacer es prometerte que mañana, y el resto de mi vida, seguiré estando aquí –dio otro paso hacia ella–. Anoche, después de que habláramos y de contártelo todo, me di cuenta de algo.

–¿De qué?

–No fue solo la pérdida de Jack lo que me arrancó de este lugar. Tenía miedo. Te quería tanto que no soportaba la idea de perderte.

–Sam…

–No, déjame terminar. No podía perderte también a ti. Qué estupidez, ¿no? Marcharme porque tenía miedo de perderte.

–Sí.

–Pero el miedo me siguió a todas partes. No dejaba de pensar en ti, de preocuparme por ti… de quererte. Lo único que puede eliminar ese miedo es estar contigo. Ahora lo sé. Quiero estar contigo. Soñar contigo el resto de nuestras vidas –tomó aire profundamente–. Quiero arriesgarme contigo.

A Lacy se le iba a salir el corazón del pecho. Miró a Sam a los ojos y supo que tenía razón. En todo. Cuando se casó con él lo hizo con la certeza de que tarde o temprano la decepcionaría, y por eso se había mantenido permanentemente en guardia, preparada para recibir el inevitable desencanto. Por mucho que había querido a Sam nunca se había volcado del todo en la relación. Siempre se había guardado una parte de sí misma.

Había olvidado que su padre siempre había estado a su lado. Al morir su madre se había negado a ver que aquel amor no siempre desaparecía. A veces permanecía y se podía confiar en él. Ese era el amor en el que quería creer. La clase de amor que duraba para siempre.

Y sí, Sam había cometido errores, pero también ella. Si hubiera tenido más confianza en sí misma tal vez podría haber conseguido que Sam se abriera a ella tras la muerte de Jack. Podrían haberlo superado juntos, pero una parte de ella esperaba que él se marchara, de modo que cuando lo hizo lo aceptó sin más, en vez de luchar por lo que realmente quería.

Pero ahora estaba dispuesta a luchar.

Él la miraba con sus bonitos ojos verdes, y Lacy supo que el próximo paso le tocaba darlo a ella. Tenía que perdonar y creer.

El amor no era perfecto, y sin duda ambos cometerían errores. Pero juntos superarían cualquier dificultad.

–Tienes razón –le dijo, y vio cómo se aliviaba–. En muchas cosas, pero sobre todo en que es necesario arriesgarse para alcanzar la felicidad que siento cuando estoy contigo.

–¿Estás dispuesta a arriesgarte? –le preguntó él, mirándola fijamente–. ¿Te casarás otra vez conmigo, Lacy? ¿Confiarás en que estaré a tu lado en todo momento y en que siempre te amaré? ¿Serás la madre de mis hijos y formaremos juntos una familia?

Lacy no cabía en sí de gozo. Todo lo que siempre había anhelado se presentaba ante ella. Solo tenía que aceptarlo. Le tendió la mano a Sam y sintió el reconfortante calor de sus dedos.

–Sí, Sam. Me casaré contigo. Creeré en ti. Y te amaré el resto de mi vida.

Él tiró de ella para estrecharla entre sus brazos.

–Gracias a Dios… Te quiero, Lacy. Ahora y siempre. Te quiero.

–Y yo a ti, Sam. Siempre te he querido. Y siempre te querré –apoyó la cabeza en su pecho y escuchó con deleite los latidos de su corazón.

–¿Qué te parece si empezamos a hacer niños ahora mismo? –le propuso él, abrazándola.

Ella sonrió con satisfacción y se echó hacia atrás para mirarlo.

–Puedes tachar ese punto de tu lista, Sam.

–¿Qué…? –los ojos de Sam se abrieron como platos–. ¿Quieres decir que… ya estás…?

Lacy asintió y vio cómo la expresión de Sam se iluminaba con la felicidad que ella siempre había soñado ver. Y tenía que admitir que la realidad era mucho, muchísimo mejor.

–Vamos a tener una vida maravillosa –le prometió él, poniéndole una mano en el vientre.

Ella se la cubrió con la suya.

–Esa vida ya ha empezado…

# Epílogo

Lacy ocupaba una habitación privada en el ala de maternidad del hospital de Ogden. Fuera estaba nevando, pero en el interior reinaba un ambiente de celebración.

Sam miró a su mujer y a su hijo recién nacido y sintió que el pecho se le henchía de felicidad. Los últimos meses habían sido muy ajetreados, pero intensamente maravillosos. El restaurante abrió en otoño, y no había día que no estuviera lleno. A la tienda de regalos tampoco dejaba de entrar gente, y la ampliación del hotel estaba casi lista para acoger huéspedes.

Pero lo mejor de todo había sido el tiempo que pasaba con Lacy, redescubriendo lo bien que estaban juntos. Se alojaban en la cabaña de Lacy, a la que se le habían añadido tantas habitaciones que costaba reconocerla; tenían intención de llenar la cabaña de niños y risas, y ya tenían el primero.

–Has estado increíble –le dijo Sam, besándola en la frente, la nariz y los labios.

–Nuestro hijo es increíble… Míralo, Sam. ¿Verdad que es precioso?

–Como su madre –acarició con el dedo la mejilla de su hijo. Nunca se hubiera imaginado lo que se podía querer a una persona que no tenía ni una hora de vida. Era... padre. Y el hombre más afortunado del mundo.

—Tiene tu pelo y mis ojos, ¿no te parece maravilloso? Una parte de cada uno de nosotros... —suspiró felizmente y le besó la frente al pequeño.

—¿Cómo te sientes? —le preguntó Sam con preocupación. No en vano se había pasado ocho horas viéndola sufrir por dar a luz, y no tenía ninguna prisa por repetir tan desgarradora experiencia—. ¿Cansada? ¿Hambrienta?

Ella se rio y le apretó la mano.

—Bueno... la verdad es que me zamparía de un bocado uno de los sándwiches de María, pero me siento genial. Pletórica. Podría levantarme ahora mismo y esquiar en Bear Run.

La pista más rápida y peligrosa de Snow Vista. Sam sacudió la cabeza.

—Olvídate de esquiar por una temporada.

Lacy sonrió y se encogió de hombros.

—Supongo que tienes razón, pero no estoy cansada —lo miró con ojos entornados—. Tú, en cambio, pareces exhausto. Deberías irte a casa a descansar.

—No voy a ir a ningún sitio sin ti —volvió a besarlos, a ella y su hijo, y miró hacia la puerta—. La familia está esperando para entrar. ¿Estás lista para recibirlos?

—Por supuesto.

Sam fue hacia la puerta, hizo un gesto con la mano y se colocó junto a la cabecera de la cama mientras la habitación se llenaba de gente. Su padre portaba un osito de peluche morado, su madre llevaba un jarrón de rosas amarillas, y Kristi agarraba de la mano a su marido. Ella y Tony se habían casado en mayo y ya estaban esperando su primer hijo.

–¡Es precioso! –exclamó Connie con una sonrisa tan radiante como la de su marido.

–¿Cómo se llama? –preguntó Kristi.

Sam miró a su mujer.

–Díselo, Sam –lo animó ella.

Él le puso una mano en el hombro, expresando su unión, y miró fijamente a su familia.

–Se llama Jackson William Wyatt. Por Jack y por el padre de Lacy.

Los ojos de su madre se llenaron de lágrimas.

–Jack estaría muy contento –dijo con la voz trabada por la emoción y el orgullo–. Como nosotros, ¿verdad, cariño?

Bob Wyatt rodeó con un brazo a su esposa.

–Desde luego que sí. Lo habéis hecho muy bien.

Sam observaba complacido la escena mientras la familia hablaba excitadamente a media voz. Vio cómo Lacy le tendía el bebé a su madre y esta se volvía hacia su padre y los dos le hacían carantoñas a su primer nieto.

La vida era maravillosa. Lo único que faltaba era su hermano… Ojalá Jack pudiera saber que, a pesar de su ausencia, la familia había encontrado la felicidad.

Un destello le hizo girar la cabeza y mirar hacia el rincón, donde el sol invernal coloreaba una columna de luz dorada.

El corazón le dio un vuelco.

Jack estaba allí, en la luz. Sam dejó de oír las voces de los demás y se quedó mirando a su hermano sin poder creerse lo que veía, los dos gemelos conectados entre la vida y la muerte.

Jack asintió, como si entendiera lo que Sam estaba sintiendo, y le dedicó su amplia sonrisa. Segundos después se desvaneció con la luz hasta que el rincón volvió a quedar vacío y oscuro.

–¿Sam? –lo llamó Lacy, y él se volvió hacia ella con una media sonrisa en los labios–. ¿Estás bien?

Sam volvió a mirar el rincón. ¿Había ocurrido de verdad o solo lo había imaginado? No importaba. Jack formaba parte de ellos y siempre lo sería. Tal vez había encontrado el modo de hacerle saber a Sam que también él estaba bien.

Se volvió hacia Lacy y se desprendió de los restos de dolor para abrazar la felicidad que se le ofrecía.

–Estoy mejor que bien –le aseguró–. Todo es perfecto.

Y, dándole la espalda al pasado, se encaminó hacia el futuro con su mujer y su hijo.

# Deseo

## SUCEDIÓ EN LA PLAYA

### HEIDI RICE

Tras recibir una mala noticia, Ella se marchó a Las Bermudas en busca de ocio y descanso. Allí, rodeada de enamorados y de casados mirones, se dio cuenta de que aquellas soñadas vacaciones resultaban aburridas, pero sucedió algo inesperado: un tipo guapo y enigmático llamado Cooper Delaney la invitó a salir. Aunque Coop no era de los que flirteaban con las turistas, no podía sacarse a la dulce Ella de la cabeza. Aprovechó un viaje de

negocios a Europa para verla, pero una vez en Londres se encontró con una joven aún más hermosa, con muchas más curvas y que guardaba un secreto que jamás hubiera esperado.

*¿Lograría que el atractivo capitán*
*picara el anzuelo?*

# Acepte 2 de nuestras mejores novelas de amor GRATIS

## ¡Y reciba un regalo sorpresa!

## Oferta especial de tiempo limitado

**Rellene el cupón y envíelo a**
**Harlequin Reader Service®**
3010 Walden Ave.
P.O. Box 1867
Buffalo, N.Y. 14240-1867

**¡Sí!** Por favor, envíenme 2 novelas de amor de Harlequin (1 Bianca® y 1 Deseo®) gratis, más el regalo sorpresa. Luego remítanme 4 novelas nuevas todos los meses, las cuales recibiré mucho antes de que aparezcan en librerías, y factúrenme al bajo precio de $3,24 cada una, más $0,25 por envío e impuesto de ventas, si corresponde*. Este es el precio total, y es un ahorro de casi el 20% sobre el precio de portada. !Una oferta excelente! Entiendo que el hecho de aceptar estos libros y el regalo no me obliga en forma alguna a la compra de libros adicionales. Y también que puedo devolver cualquier envío y cancelar en cualquier momento. Aún si decido no comprar ningún otro libro de Harlequin, los 2 libros gratis y el regalo sorpresa son míos para siempre.

416 LBN DU7N

| | |
|---|---|
| Nombre y apellido | (Por favor, letra de molde) |
| Dirección | Apartamento No. |
| Ciudad | Estado     Zona postal |

Esta oferta se limita a un pedido por hogar y no está disponible para los subscriptores actuales de Deseo® y Bianca®.
*Los términos y precios quedan sujetos a cambios sin aviso previo.
Impuestos de ventas aplican en N.Y.

SPN-03          ©2003 Harlequin Enterprises Limited

**Estaba atada a un marido al que no debería desear...**

Desde que Ellie Brooks conoció al magnate Alek Sarantos, su vida había descarrilado. Primero la despidieron y, en ese momento, estaba embarazada del desalmado griego. Solo debería haber sido una noche de desenfreno apasionado, nada más. Sin embargo, cuando se presentó para exigirle que legitimara al hijo que estaba esperando, Alek, para asombro de sí mismo, ¡aceptó la descabellada petición!

Ellie empezó a arrepentirse de su decisión. Hasta que una leve patada dentro de ella le recordó por qué había llegado a ese trato con él...

HARLEQUIN *Bianca.*

SHARON KENDRICK
No desearás a tu marido

No desearás a tu marido

Sharon Kendrick

## EL SOLTERO MÁS DESEADO

### DONNA STERLING

El doctor Jack Forrester no era el típico cirujano. Era un tipo relajado, divertido, el soltero más deseado de la ciudad; todo el mundo en Moccasin Point lo adoraba. Bueno, no todo el mundo, porque había alguien empeñado en destruir su reputación, Callie Marshall.

Regresar a su hogar le resultaba a Callie agridulce, pues los buenos recuerdos entraban en conflicto con la obligación de investigar al médico local. Además, se sintió muy turbada al ver de nuevo a Jack, que se había convertido en un hombre increíblemente sexy.

*Ese médico estaba provocando*
*que le subiera la temperatura...*

**[5]**

## ¡YA EN TU PUNTO DE VENTA!